La ferme sans hommes

André Crépet

La ferme sans hommes

Roman

LE LYS BLEU
ÉDITIONS

ISBN : 978-2-37877-191-1

Du même auteur

« Aider à mieux vivre la mort » : Editions de la Chronique Sociale à Lyon, 1988

« Aide-soignant(e)s en gériatrie » : Editions de la Chronique Sociale à Lyon, 1998

« Améliorer les relations soignant-soigné » : Editions Théles à Paris, 2002

« Soignants en gériatrie » (Donner des années à la vie) Editions de la Chronique Sociale à Lyon, 2010

Préface

André Crépet est né dans le Forez, à Montbrison. De ces solitudes à la vie dure, de ces froids, de ces neiges, de cet âtre où mijote la viande dans la crémaillère il a tiré un roman paysan. Plus : une saga de la vie paysanne en trois générations. Si nous vivons, au fil des pages, un roman authentique avec ses inattendus, ses personnages et ses rebondissements, nous apprenons aussi l'histoire. L'histoire d'une contrée, l'histoire d'une époque. Nous traversons le XXe siècle avec des boeufs puis avec un tracteur.

Nous entrons aussi dans le quotidien de la guerre de 1939-45 avec les deux fils faits prisonniers, retenus en stalag. Aucun des deux ne reviendra. Chacun aura une mort tragique, surprenante, qu'il n'aurait pas dû avoir. Alors il manquera ces quatre jeunes bras à la ferme. Les deux filles de la maison vont s'établir. Chacune trouvera un mari mais là où le récit authentique de cette vie de fermiers prend une couleur romanesque c'est que la plus jeune prendra un mari allemand !

C'est alors une autre histoire qui s'ajoute à l'histoire des paysans de Margerit-Chantagret. Dans une ferme abandonnée, proche de la ferme des héros du livre, se cachent deux jeunes Allemands. C'est par hasard qu'on voit, un jour, une fumée sortir de la cheminée de ces ruines. Pourquoi sont-ils là ? Que fuient-ils ? Que cachent-ils ? L'un est très sympathique. Il va bientôt être valet de ferme chez Joseph et Francine. Et un beau jour il deviendra plus que valet de ferme puisqu'il épousera la plus jeune des filles. L'autre Allemand vit retranché, peu sociable, mystérieux, fuyant les gens. Il tentera sa chance lui aussi avec l'autre fille. Sans succès. Sa vengeance sera terrible.

Le récit d'André Crépet se déroule sous nos yeux avec tout le pathétique d'un roman. En tournant une page on se dit : Joseph va-t-il remarcher après sa terrible chute d'une échelle ? Benoîte va-t-elle se laisser séduire par Willy, le fourbe Allemand ? D'où sortent tous ces bijoux cachés dans la ferme abandonnée ? Mais à côté de ces rebondissements on peut être également sensible à la description, toute en précisions, de la vie de la ferme. C'est une mine de renseignements ethnologiques. Quelques exemples glanés ici et là : on payait l'impôt sur les portes et les fenêtres, c'est pourquoi la fenêtre de l'évier était toute petite ; on coupait le pain de seigle de la maison à la hache s'il était trop dur; on se régalait des gâteaux à la farine de froment, cuit au four à pain avec des tranches de pommes… André Crépet chante l'histoire de son haut Forez et nous promène dans le temps. Une fois le livre refermé on reste imprégné d'une atmosphère : celle des histoires, la veillée, devant la cheminée ; celle des neiges de 1900 ; celle du marché noir et des quartiers de veau que l'on cache pour les soustraire aux Allemands. C'est la réussite de cet auteur, pour la première fois romancier, que de nous laisser dans la mémoire ce quelque chose qui ne s'efface plus : la couleur d'une époque.

Louis Pralus

Journaliste honoraire
Lauréat de l'Académie française

Avant-propos

Dans un petit village du haut Forez situé dans le département de la Loire, en ce mois d'août 1939, la vie est tranquille. Près de la ferme, la plus grande du village coule la Curraize. Il fait très chaud, comme souvent les étés. Les moissons sont en grande partie terminées. Deux grandes meules « meilles » en patois local, composées de gerbes de blé, se dressent fièrement derrière la ferme.

Les deux fermiers, Francine et Joseph ont quatre enfants. Les deux aînés, Jean et Mathieu ne sont pas de trop pour aider à la ferme. Les deux filles, Marie et Benoîte, aident leur mère à l'intérieur de la maison qui comprend cinq chambres, une très grande cuisine qui sert aussi de salle à manger, la pièce de vie où toute la famille se retrouve, près de l'âtre où flambent de grosses bûches de bois. La grande table est constituée de gros plateaux de bois massif, les chaises, elles aussi, sont en bois rustique.

Il n'y a pas encore les diverses commodités actuelles, comme la douche, le lavabo, les toilettes, le frigidaire, le congélateur, l'eau courante à l'évier. L'eau potable est tirée du puits de la ferme. Une source captée il y a quelques années fournit l'eau au bétail : vaches, cochons, volaille… Les deux filles aident parfois leur père et leurs frères, en particulier pour les foins et la moisson.

Cette ferme qui comporte 12 vaches laitières, 2 paires de bœufs et 2 chevaux de trait est à l'époque une des plus grandes et des plus modernes du village. Bien sûr, il n'y a pas encore de tracteur. Les foins et les moissons se font déjà avec des machines mécaniques tirées par des bœufs ou des chevaux. Mais il faut encore de nombreux bras.

Le fermier, Joseph, âgé de 50 ans, est une force de la nature. Il est grand et costaud. Il manie la fourche et le râteau avec une dextérité remarquable. Il sait très bien commander et obtient des autres ce qu'il veut sans pour autant se fâcher.

La fermière, Francine, âgée de 51 ans, respire la bonté même, la gentillesse. Elle est beaucoup plus menue que son mari. Elle est toujours occupée. En plus des travaux d'intérieur avec ses deux filles, elle s'occupe de la volaille, des lapins… De plus, elle fait de délicieux fromages de vache en forme de brique appelés des « vachards ». Tous les samedis, le matin, elle prend le car pour aller vendre ses fromages au grand marché de Montbrison. Elle revient au village l'après-midi avec le même car. Mais le plus apprécié chez Francine, c'est ses gros pains de seigle qu'elle façonne et fait cuire régulièrement une fois par mois. Il faut dire que Joseph, son mari, cultive chaque année un champ de seigle. Le pain de seigle est apprécié de toute la maisonnée et même parfois les animaux de la ferme lorsqu'il est trop dur. Les pains sont alignés sur des râteliers étudiés pour. Même sec et dur, le pain est encore bon. On le coupe à la hache. Arrosé de lait, de café ou de chocolat chaud, il figure au menu du petit déjeuner. Marie l'utilise également pour faire la soupe.

Avec la fournée de pain de seigle, elle cuit deux gâteaux à la farine de froment. Elle y ajoute des tranches de pommes. C'est un régal pour les enfants que ce gâteau. Quant au pain blanc, à l'époque, il est réservé aux malades. Pour les fêtes, Marie adore préparer la daube de bœuf cuite à feu doux durant près de trois heures. Elle prend un rôti de bœuf. Elle le recouvre de vin rouge. Elle y ajoute carotte, oignon, échalote, thym, laurier, girofle, grains de poivre, ail. Elle laisse mariner durant deux jours. Après, elle fait sécher la viande, saler, poivrer. Elle fait rôtir dans un corps gras. Elle saupoudre d'une cuillerée à soupe de farine. Elle mouille avec la marinade. Enfin, elle fait cuire à feu doux durant 2 heures et demie à 3 heures. Pour faire le rôti à l'orange, elle le fait cuire à feu doux autant de temps. À l'époque, vers 1940, les menus pour les mariages sont améliorés.

Jean est le plus jeune des fils. Il est âgé de 25 ans. Il ressemble physiquement à son père.

Il est hardi et costaud comme lui. C'est, comme on dit « une bonne pâte ». Avec lui, il n'y a pas d'histoire, il est toujours content heureux et optimiste.

Son frère aîné, Mathieu, est âgé de 27 ans. Il est plus frêle et plus fier que son frère. Il se fâche plus facilement. Il aurait bien voulu quitter la maison familiale, mais il ne sait pas faire autre chose que s'occuper des bêtes de la ferme et cultiver la terre. Il ressemble plus physiquement à sa mère.

Quant à Marie, la plus jeune des filles, elle a tout juste 20 ans. Elle ressemble beaucoup à son père. Elle est grande, forte, comme son frère Jean. Elle aide plus facilement à la ferme pour les travaux qui demandent beaucoup de bras, comme les fenaisons, les moissons… Elle a un très bon caractère. Elle est toujours contente et facile à vivre.

Sa sœur aînée, Benoîte, a 24 ans. Elle est plus proche de sa mère et lui ressemble physiquement. Elle est plus petite que sa sœur et frêle. Elle préfère les travaux d'intérieur comme le ménage, la cuisine... Elle s'emporte pour un rien. Elle non plus, elle n'a pas appris de métier, alors elle reste dans le cocon familial. Tout comme sa sœur, elle fréquente peu les bals organisés au village.

Les soirées se passent surtout au coin du feu. Les deux filles, tout comme leur mère, tricotent. Quant aux longues soirées d'hiver, après la traite des vaches, à la main, et le souper, les hommes et un voisin jouent souvent aux cartes. À cette époque, il n'y a pas encore de poste de radio et encore moins de téléviseur comme aujourd'hui.

Les grands-parents sont encore vivants. Louis, le grand-père, est âgé de 78 ans. Il a un caractère dur et volontaire. Il est encore costaud et fort pour son âge. Il est grand, avec des mains calleuses, le visage buriné, signes du travail dur à la ferme où il fait tout à la main. Il s'est retiré de la ferme, il y a une dizaine d'années, tout comme sa femme Léontine.

Léontine, sa femme, a 76 ans, elle est encore un peu active en dehors de la maison comme à l'intérieur. Elle a encore une bonne vue. Cela lui permet encore de tricoter un peu pour toute la famille. Physiquement, elle est menue et elle a vieilli avant l'heure à cause des durs à la ferme. Elle a des rides prononcées. Comme Louis, son mari, elle a un caractère jovial.

Les deux anciens se sont retirés dans deux grandes pièces sur le côté de la ferme. Leur appartement comporte une salle à manger, une grande chambre et une petite cuisine aménagée pour leur retraite. Le couple vient avec toute la maisonnée aux repas de midi et du soir. Le matin, ils déjeunent dans leur cuisine. Ils se couchent un peu plus tôt que les autres membres de la famille. Ils restent parfois à la veillée au coin du feu. Ils adorent raconter leur vécu très dur, autrefois à la ferme. Les plus jeunes écoutent attentivement. Mais, d'habitude ils ne parlent pas beaucoup à la famille de la vie de la ferme actuelle et ancienne.

Ils ont travaillé très dur à la ferme qu'ils ont créée. Joseph, leur fils unique, a pris la succession à la ferme, il y a déjà quelques années. Depuis qu'ils se sont retirés de la vie active de la ferme, ils sont très réservés. Cependant, à la demande de leur fils, le fermier, ils acceptent volontiers de lui donner des conseils, sans pour autant l'influencer ni s'imposer.

Louis, le grand-père, qui est né à 1861, à ses débuts à la ferme, faisait tout le travail à la main, les foins à la faux, les moissons à la faucille... Lors des longues veillées au coin du feu, surtout durant les hivers longs, froids et enneigés, il racontait sa dure vie passée à ses petits-enfants : Jean, Mathieu, Marie et Benoîte.

Chapitre 1

Les travaux à la ferme

Le labour

Parfois à la veillée, les petits-enfants aiment questionner leur grand-père, pour qu'il leur raconte la vie de la ferme autrefois.

— Dis pépé, peux-tu nous raconter la vie de la ferme lorsque tu as commencé à y travailler ?

Louis, blotti contre les quatre petits leur a répondu :

— Oui, la vie à la ferme était très dure autrefois beaucoup plus qu'aujourd'hui en 1939.

— Pour labourer, leur dit-il, je me servais de l'araire, une sorte de crochet formé de pièces de bois de fabrication familiale. Je l'ai utilisé à partir de 1881. Elle était tirée par des bœufs.

— Quand l'as-tu abandonnée ?

— En 1900, ma ferme a été la première du village à utiliser une charrue, le brabant double. Mais, vers 1914, elle était couramment utilisée. J'ai toujours été à l'affût des nouveautés utilisées dans la plaine du Forez. Le travail était moins pénible et moins monotone, mais la terre était moins ameublie.

— Venez voir derrière la grange, a dit le grand-père. J'ai gardé mon dernier araire. Cet outil était très vieux par rapport à la charrue.

La fenaison

Une autre soirée grand-père Louis a raconté comment il faisait les foins. Cette fois, c'est Matthieu qui l'a interrogé.

— Pépé, raconte-nous comment tu faisais les foins de ton temps.

— Quand j'ai pris la direction de la ferme de mes parents en 1881, je coupais l'herbe à la faux. Ce n'est qu'en 1909 que j'ai acheté une faucheuse à traction animale. J'ai été le premier à en avoir une dans le village. Je l'ai gardé jusqu'à ma retraite. Le tracteur est arrivé près de 50 ans plus tard, vers 1955.

— Qui tirait la faucheuse a poursuivi Matthieu ?

— C'était un attelage composé de deux bœufs. À l'époque nous avions deux paires de bœufs à la ferme. Les bœufs de 4 ans, on les vendait après la fenaison. Les premiers bœufs, je les ai payés 900 francs. Tous les 4 ans, j'en dressais de nouveaux. Il fallait qu'ils soient identiques.

— Comment faisais-tu les foins quand tu as débuté la ferme ?

— Au début, avant 1909, c'était très dur, il fallait tout faire à la main : couper l'herbe à la faux, tourner le foin avec le râteau et faire des andins, ratteler, charger le foin dans la charrette et la décharger dans la grange. Comme j'étais à l'époque, une ferme un peu pilote, j'ai acheté en 1919 une râteleuse. Elle était attelée à un cheval. Elle ramassait le foin, le mettait en roules.

— Pépé, parle-nous des foins à la faux.

— C'était très pénible de faucher avec la faux manuelle. J'ai usé plusieurs faux, tout comme des pierres à aiguiser. Cette dernière devait toujours être mouillée. C'est pour cela que je la portais à la ceinture dans le coffin rempli d'eau.

Dès le lever du jour, en juin, avant 6 heures du matin, je partais, la faux sur l'épaule, couper l'herbe. Cette dernière était un peu humide, mais cela coupait mieux. À 9 heures, ma femme

Léontine m'apportait un casse-croûte. Vers 13 heures, je revenais à la ferme pour un bon repas. Après une petite sieste, vers 15 heures, si je n'étais pas trop fatigué, je partais faucher de nouveau. S'il faisait très chaud, à la fourche ou au râteau, j'étalais le foin coupé le matin pour le faire sécher. Une fois sec, il fallait le retourner de l'autre côté pour le faire sécher également. Une fois sec, il fallait faire des andins et le charger à la fourche dans la charrette tirée par une paire de bœufs. Ensuite, il fallait le décharger dans la grange au-dessus de l'écurie. C'est dire si la râteleuse mécanique a été la bienvenue à notre ferme.

Comme j'étais toujours à l'affût du progrès, j'ai acheté une faneuse pour remuer et tourner le foin. Mais, il fallait toujours le charger à la fourche dans la charrette. Vers 1900, j'ai même travaillé avec la fourche en bois. Sur le char, souvent le valet ou une femme arrangeait le foin afin que le chargement reste en parfait équilibre. Parfois, mais rarement, le foin tombait du char avant l'arrivée à la ferme.

Selon une coutume, le valet de ferme achetait une paire de pantoufles à la servante qui chargeait le foin, après la fenaison si aucune charrette ne s'était démolie. Le dicton « pendré l'os paros » est resté longtemps pour qualifier quelque chose qui se démolissait.

Par la suite, sur les côtés du char, on a mis des grandes clefs ou ridelles. Cela rendait le chargement plus facile. Mais, avec les chemins étroits, cela n'était pas facile. Aujourd'hui, avec le tracteur, tout est mécanisé. La faucheuse s'adapte au tracteur, tout comme la faneuse qui tourne le foin. Il en est de même pour « l'andéneuse, la botteleuse ».

Le grand-père nous racontait également toutes les transformations qu'il y avait eu à la ferme et à la maison d'habitation.

La moisson

Jusqu'à vers les années 1914, grand-père, coupait le blé à la faux. Derrière lui, le valet ou son fils Joseph, ramassait les épis de blé tournés du même côté. Une brassée de blé se faisait à la javelle et constituait des petits tas. Bien avant le coucher du soleil, avec une poignée de paille, ils faisaient un lien pour attacher la brassée pour former une gerbe. Cela faisait l'objet de paris. Certains arrivaient même à faire cent gerbes en une heure. Jean a continué :

— Cela devait être fatiguant Pépé. Avec les gerbes que faisiez-vous ?

— Avec les gerbes, on faisait des grands tas dans le champ. Une fois bien sèches les gerbes étaient transportées à côté de la ferme pour faire une ou plusieurs meules. La batteuse s'installait à côté. La meule ou « la meille » était bâtie en forme de cône, les épis tournés vers l'intérieur pour être protégés de la pluie.

— Dis Pépé, il y avait combien de gerbes dans une meule ?

— On comptait plus de mille gerbes par meule. C'était assez difficile à bien construire tout à la main. Les gerbes étaient prises sur la charrette à la fourche pour être déposées sur la meule. Jean très curieux, lui demanda :

— Alors Pépé, moissonner de cette façon, est-ce que cela a duré longtemps ?

— Je crois que c'est jusqu'en 1920. En 1908, j'ai acheté une faucheuse à traction animale.

Cette machine pouvait faire même des «javelles» mieux qu'à la main. Je l'avais achetée 410 francs à l'époque. Elle était presque neuve. C'était le prix d'une très bonne vache laitière. Après 1920, toutes les fermes du village en avaient une.

— Pépé, lorsque tu as pris ta retraite en 1926, est-ce que c'était les mêmes appareils à la ferme

— Non, les fermes les plus modernes avaient acheté des moissonneuses-lieuses. Elles demandaient beaucoup de force pour la traction. Au début, je la prêtais parfois aux fermiers du voisinage.

Le battage du blé

Un des deux jumeaux continua à poser des questions.

— Dis Pépé, comment tu battais le blé de ton temps ?

— Avant 1900, je battais le blé avec un fléau en bois. Les gerbes étaient détachées et étendues sur le sol en terre battue de la grange. On tapait avec le fléau sur le tapis formé par les tiges de blé. On continuait ainsi jusqu'à ce que les grains de blé soient bien sortis des épis. Le grain était alors ramassé pour le passer au vannoir. Le grain en sortait propre. De l'autre coté du vannoir sortaient en poussières les déchets. Vers 1900, on avait acheté une batteuse à bras. Ce travail était plus monotone que le fléau. Ensuite, nous avons eu un « manège » avec une grande roue dentée. La barre, de chaque côté de la roue, appelée « timon » aidait à mettre un attelage de bœufs ou de chevaux. L'attelage tournait en rond. Cela faisait tourner la roue dentée et mettait en marche la batteuse.

Ce n'est qu'en 1910 que j'ai vu les grandes batteuses actionnées par des locomotives. Il fallait beaucoup d'ouvriers. En quelques jours, toutes les gerbes du village étaient battues. Durant la guerre de 1914-1918, comme tous les hommes étaient partis à la guerre, cette machine a très peu servi. De plus, elle était gourmande. Il fallait un char de bois pour chauffer la locomotive. Mais petit à petit, les locomotives ont disparu pour faire place aux gros moteurs. Elles étaient automotorisées. Elles transportaient la batteuse d'un village à l'autre. Le changement a été radical.

Chapitre 2

La vie à la ferme autrefois

La maison

Des questions ont continué à être posées par l'un ou l'autre des enfants.

— Est-ce que la maison et la ferme ont changé depuis sa construction ?

— Elle a beaucoup changé. La maison a été construite en 1850. J'avais alors 11 ans. À l'époque, très peu de maisons étaient construites entièrement en pierre. On trouvait parfois des blocs de pierre dans les champs cultivés. La plupart étaient fabriquées en « pisé », avec parfois de la pierre seulement dans la partie basse des murs, comme c'est le cas pour nous. Le pisé était fait avec de la terre argileuse un peu maigre et graveleuse. Elle était comprimée sur place. Le béton est arrivé bien plus tard, à partir de 1950.

— Dis Pépé, pourquoi il y avait peu d'ouvertures de ton temps ?

— Oui, cela gardait mieux la chaleur. Mais, on payait un impôt sur les portes et les fenêtres, sauf pour la petite ouverture donnant sur l'évier. Au rez-de-chaussée, il y avait deux pièces. Une grande pièce servait de salle de vie avec la cuisine et une autre le salon qui servait surtout de débarras. À la cuisine, on trouvait deux alcôves. Entre les deux, on trouvait la pendule à poids et l'armoire garde-manger. L'escalier permettait d'accéder aux chambres très froides l'hiver. Mais pour avoir mieux chaud, on couchait à la cuisine ou à l'étable.

— Pépé, tu avais des sanitaires, des w.c. à ton époque.

— Bien sûr que non mon petit. Il n'y avait rien de tout cela. Quelques rares maisons avaient, au fond du jardin une sorte d'abri avec un trou, cela servait de w.c.. Chacun allait où il pouvait. L'hiver, par grand froid, on allait au fond de l'étable.

Encore plus de 120 ans après, toutes les maisons n'avaient pas de sanitaires. Autrefois, on n'avait pas de douche ni de lavabo pour se laver. On allait chercher l'eau au puits et on la faisait chauffer dans une marmite suspendue au-dessus du feu de bois.

L'électricité

— Pépé, est-ce que tu avais le courant électrique à la maison quand tu étais jeune ?

— Bien sûr que non mon petit. L'électricité a été installée seulement en 1932 dans notre commune.

— Alors, avant comment t'éclairais-tu ?

— Avec des bougeoirs avec de grosses bougies, des lanternes, des lampes à pétrole plus tard. Je me souviens, au début, on a eu l'électricité à l'étable et à la cuisine. On allait se coucher avec un bougeoir. Par la suite et progressivement, on a eu l'électricité dans toutes les pièces. Les prises de courant sont venues beaucoup plus tard. Aujourd'hui, tout cela nous semble indispensable. L'électricité me manquait beaucoup pour traire les vaches à l'étable.

L'eau

— Pépé, l'eau devait être un problème pour toi et les animaux de la ferme.

— L'arrivée de l'eau dans la commune est venue seulement en 1965. Avant, on faisait comme on pouvait. La plupart des fermes avaient un puits à côté de la maison. Les vaches avaient de l'eau dans une « boutasse », grand trou creusé qui se remplissait d'eau lorsqu'il pleuvait. Il y avait une source avec des joncs où il y avait toujours de l'eau. L'eau de notre puits, on la faisait bouillir pour boire. Lorsqu'il faisait très sec l'été, le puits n'avait presque plus d'eau. Aussi on allait puiser de l'eau dans une source à près de 500 mètres de la ferme, dans un pré. Sur la place de l'église, il y avait aussi une fontaine d'eau potable en cas de besoin. Mais notre ferme était un peu loin du bourg. D'autre part, il fallait attendre longtemps car le débit du filet d'eau était petit.

Sur la place du village, il y avait également une auge pour les bêtes. Par la suite, il y eut un lavoir. Les femmes venaient y rincer leur linge et papotaient. C'était un lieu de rencontre. Pour la lessive, on puisait l'eau qui descendait des toitures. On la recueillait dans de grands « baquets ».

— Pour faire sa toilette, cela devait être difficile.

— Quand il faisait beau, on allait au ruisseau tout proche. Quant à la rivière, elle était plus loin mais en été, parfois, il n'y avait presque plus d'eau. Les femmes se rendaient à la rivière avec une brouette pour rincer le linge. Elles l'étendaient sur l'herbe et revenaient lorsqu'il était sec.

— Pépé, quand l'eau courante au robinet est-elle arrivée ?

— L'eau courante est arrivée en 1965, après la construction d'un barrage vers le village de Gumières. De nombreuses sources avaient été captées dans le secteur. Ce barrage alimentait plusieurs communes. Après l'arrivée de l'électricité, l'arrivée de l'eau a été une deuxième révolution au village. Cela a changé notre vie. Avant, on avait installé une pompe qui amenait l'eau du puits dans un bassin situé dans la grange.

La cuisson des aliments

— Pour cuire les aliments comment faisais-tu autrefois pépé ?

— Mon petit, à mon époque c'était très rustique. Je me rappelle que jusqu'à mes 53 ans, en 1914, on utilisait que le feu de la cheminée et la crémaillère. À cette époque, le repas de noces se faisait toujours à la maison. Les invités étaient parfois nombreux, plus de 60 personnes On invitait non seulement la famille, mais également les fermiers voisins.

On mettait les tables constituées de grands plateaux et de tréteaux dans la grange ou dehors à l'ombre sous les tilleuls l'été. Les voisins nous prêtaient de la vaisselle, des chaises… Dans la cheminée nous faisions toute la cuisine. Les fourneaux au bois ou à charbon sont arrivés beaucoup plus tard.

On accrochait même deux crémaillères à la même potence. Dans le four à pain, on faisait cuire non seulement le pain, mais également les tartes aux pommes et certains plats. À tous les grands repas, il ne fallait pas oublier la traditionnelle « fouace ». Elle était très grande.

Chaque année, pour la fête patronale on rassemblait tous ses proches pour un repas. Cette tradition a duré jusque vers 1914.

Un peu avant, nous avons eu notre premier fourneau à bois. Après 1918, cela s'est répandu. On a abandonné la crémaillère.

Couper le bois pour le feu c'était très fatigant.

Il n'y avait pas de tronçonneuse à l'époque. Cette dernière est arrivée après 1960.

On utilisait le passe-partout et il fallait fendre le bois à la hache en évitant de recevoir des éclats.

Les transports

— Pépé, avant la voiture, quel était le moyen de transport ?

— Bien avant 1914, il y avait la diligence. Cela n'allait pas vite. Il fallait, aux relais, changer les 2 chevaux qui la tirait et en prendre d'autres qui s'étaient reposés. Lorsque cela montait trop, il fallait parfois descendre et marcher à pied. Par exemple, pour aller de Saint Étienne à Paris il fallait plus d'une semaine. Les voyageurs passaient la nuit à l'auberge.

Les petits trajets se faisaient en calèche, comme pour aller du village à Montbrison.

Les paysans utilisaient les transports en commun avec le car. Mais peu à peu, ils ont acheté des voitures et ont moins pris le car. En 1958, c'est l'essor de la 2 chevaux Citroën. Elle passe partout. Quant à la bicyclette, elle a été conçue déjà avant 1908. En 1914, elle est encore d'un prix élevé et les routes sont encore difficiles. Le train existait depuis 1851, comme la ligne d'Issoire à Paris. Il y avait très peu de trains de marchandises.

Vie à la campagne

La campagne était davantage peuplée que de nos jours et les naissances étaient nombreuses.

Les commerces étaient très nombreux parce que les gens ne sortaient pas de leur village.

Le premier voyage des jeunes était pour aller au service militaire. Les jeunes filles ne partaient pas avant le mariage. À la ferme, elles filaient la laine des moutons, elles gardaient les moutons, les chèvres, les vaches.

Dans les villages, ils y avaient beaucoup de petits métiers, en particulier en hiver : les sabotiers, les fabricants de jougs, les charrons, les menuisiers… L'été, les hommes fauchaient. Certains étaient ambulants comme les chaisiers, les tailleurs, les couturiers... Cela a duré jusqu'en 1914. Avant 1900 on trouvait aussi des tisserands. Ils fabriquaient des draps. La laine des moutons était utilisée. Avec le chanvre on fabriquait aussi de la toile.

Après le service militaire, beaucoup de jeunes allaient sur Paris pour trouver du travail. Ainsi, certains étaient garçons charbonniers au printemps. Ils aidaient aussi à la ferme paternelle ou se louaient l'hiver comme domestique dans une ferme. On retrouvait d'autres jeunes comme pâtres sur les montagnes.

À la campagne, les jeunes se mariaient toujours entre voisins. Il y avait que peu de moyens de locomotion et pas de connexion à internet. Les enfants étaient parfois envoyés en nourrice chez les grands-parents. Cela faisait des économies pour les parents. Vers les 10-15 ans, les enfants revenaient au village. Les parents cherchaient à acheter une petite ferme. Cela a duré jusqu'en 1914.

La vie à la campagne était très très difficile et il y avait beaucoup d'enfants dans les familles, parfois plus de 10. Ma grand-mère en a eu 13.

Avec l'arrivée de la mécanisation, les paysans ont changé les bovins. La race d'Aubrac était moins rentable. Par contre les bœufs d'Aubrac étaient très bons pour travailler. Ces derniers ont été remplacés par les tracteurs. Les paysans devenus âgés ont croisé des races comme les Charolais avec la race d'Aubrac.

À partir de 1976, de nouveaux bornages sont effectués. Les haies et les murettes commencent à être supprimées car les bornages ne correspondent plus et les parcelles sont beaucoup trop grandes. Avec le remembrement, les bulldozers nivellent. Avec les tracteurs, on allait d'une parcelle à l'autre à travers champ. Les petits chemins sont supprimés. D'un village à l'autre, on fait des chemins plus larges pour que les machines puissent passer.

Avec la voiture à cheval cela n'était pas très pratique, il fallait descendre aux montées et marcher à pied. Mais c'était le seul moyen de locomotion pour aller d'un village à l'autre, pour aller au marché en ville. À partir de 1900, les fermes ont fait des achats de matériels. Par exemple, en 1903, un manège pour battre le blé coûtait 240 francs, un vannoir «tarare» vers 50 francs. En 1912, un moteur et une machine étaient vendus 1600 francs.

Avant 1914, dans les lits, il n'y avait pas de sommier, mais des palliasses souvent en feuilles de hêtre. Au coin du feu, on voyait la grand-mère assise qui faisait tourner la dinde embrochée dans la rôtissoire. On ramassait, avec une pelle et un seau, la bouse de vache et les crottins de chevaux dans les chemins pour fumer les jardins.

La bicyclette a pris naissance en 1826. En 1850, on comptait déjà 25 000 kilomètres de voies ferrées en Europe. En 1844, la première ligne de chemin de fer à exister en France était celle qui reliait Saint-Étienne à Roanne.

Chapitre 3

Situation de la ferme en août 1939

En cette mi-août 1939, la vie à la ferme de Joseph et Francine est tranquille dans ce village du haut Forez. Il fait très chaud. Les foins ont été faits en juin et les moissons sont terminées depuis fin juillet.

Les grands-parents, anciens fermiers retraités, vivent retirés dans une aile du bâtiment de la ferme. À cette époque, on vénère encore les anciens. Ils ont deux pièces à leur disposition : une grande salle à manger avec un coin cuisine et une grande chambre.

Les petits-enfants vivent sous le même toit avec leurs parents. Les filles voudraient bien sortir, apprendre un métier et être indépendantes. Mais à l'époque, cela ne se faisait pas avant le mariage. Elles aidaient leur mère et travaillaient aux champs en cas de besoin.

Francine, la mère, était assez autoritaire, plus que Joseph, le père. C'est elle qui tenait les cordons de la bourse. Elle aidait son mari à traire les vaches. Avec le lait, elle faisait des fromages rectangulaires « Les vachards ». Elle allait les vendre le samedi sur le marché de Montbrison, la capitale du Forez. Au début, elle prenait la charrette avec le cheval. Beaucoup plus tard, il y a eu le car qui la prenait devant la ferme. Les fromages de Francine étaient très appréciés au village et même en dehors. Elle gardait la crème du lait pour faire du beurre avec la traditionnelle « baratte ». Les deux filles, à tour de rôle, tournaient la manivelle de la machine à beurre. Elles aidaient également à faire le repas, car la fermière était assez souvent bien occupée. Il y avait 8 bouches nourrir à la ferme. Ce n'est qu'en 1952 qu'a eu lieu le ramassage du lait dans les villages.

À la ferme de Joseph et Francine, le battage du blé se faisait toujours la deuxième quinzaine du mois d'août, le 25, pour la Saint Louis, sauf si cela tombait un dimanche. Au début, le fermier faisait venir la batteuse avec la locomotive. Par la suite, un gros moteur a remplacé la locomotive.

Le battage du blé était l'occasion de faire la fête avec les nombreux voisins qui venaient aider. En ce jeudi 24 août 1939, la batteuse et la locomotive sont arrivées la veille, tirées par deux chevaux. Elles ont été installées à côté de la grande meule de gerbes. Les roues ont été calées soigneusement pour éviter les vibrations. L'eau pour la vapeur était prête, tout comme la courroie pour le « vannoir ». Ce dernier servait à séparer les grains de blé de la balle. Le lendemain, vendredi 25 août, c'était le grand jour. Les hommes des fermes voisines étaient là avant 8 heures. La préparation de la locomotive était longue. Il fallait l'alimenter en bois un certain temps pour que la vapeur puisse démarrer la locomotive et cette dernière démarrait la batteuse.

Les hommes étaient venus avec leur fourche pour jeter les gerbes sur la batteuse. Les autres avec des couteaux coupaient les liens des gerbes. Ils étalaient ces dernières à plat sur la batteuse.

Pendant ce temps, la fermière Francine, aidée de ses 2 filles et de 2 voisines s'activaient pour préparer deux grandes tables devant la ferme, pour la pause du matin. Le fermier surveillait l'ensemble des ouvriers qui étaient près de 15.

À 8 heures précises, le sifflet de la locomotive retentissait indiquant que tout était prêt pour débuter le battage. Chacun était à son poste. Après la locomotive, c'est la batteuse qui se mettait en marche. De cette dernière, qui ronronnait, s'échappait beaucoup de poussière de la paille. Deux hommes surveillaient le remplissage des grands sacs de blé, à la sortie de la batteuse.

À 10 heures, les ouvriers s'arrêtaient pour une pause.

Travailler dans la poussière, cela leur donnait soif. Sur deux tables des produits de la ferme étaient disposés : saucisson, jambon, lard... du vin, de la limonade, de l'eau, du sirop maison...

Après s'être restaurés durant une petite heure, c'était la reprise. La chaudière de la locomotive dégageait de la vapeur d'eau sous pression. Les pistons reprenaient un mouvement de va-et-vient qui entraînait les poulies. La vapeur donnait un sifflement. La courroie entraînée faisait démarrer la batteuse.

Tous les ouvriers reprenaient leur poste. Pendant ce temps, les femmes faisaient cuire de la viande et des légumes. Elles préparaient la pâte pour le traditionnel pâté aux pommes. Vers 14 heures, plus de la moitié de la meule était battue. Les hommes les plus forts finissaient de porter les sacs de blé sur leur dos jusqu'au grenier aménagé à cet effet. La locomotive et la batteuse s'arrêtaient pour le repas, pause plus longue que celle du matin. Les femmes devaient rassasier près d'une vingtaine de personnes : les hommes sur la meule avec des fourches, les coupeurs de liens sur la batteuse, les engreneurs qui étalaient les gerbes, les surveillants de sacs, les porteurs de sacs de blé, les hommes au vannoir au milieu de la poussière, ceux qui surveillaient la locomotive et la batteuse.

La locomotive et la batteuse s'arrêtaient de nouveau. Cette fois tous allaient rester plus longtemps à table, jusqu'à vers 15 heures 30. Après avoir étanché leur soif et s'être rassasiés, ils se mettaient de nouveau à la tâche pour terminer le battage du blé de la deuxième meule plus petite. Ce n'est que vers 18 heures que la locomotive se mettait à siffler plusieurs fois pour annoncer la fin du battage du blé. Le bruit des machines s'arrêtait. Les ouvriers avaient terminé leur besogne. Tous terminaient la journée par un bon repas. Ce dernier se prolongeait avec des chants au son de l'accordéon et même des danses improvisées. Tous étaient assis à de grandes tables dans la grange. Pour ce repas de fête, le cidre maison était bu en grande quantité. Il y avait également du vin. Mais les bouteilles de « Côtes du Forez » n'existaient pas encore.

Les femmes avaient fort à faire pour servir tous les ouvriers qui avaient bon appétit. Elles servaient le coq au vin, le pot-au-feu, le lapin et autres viandes, produits de la ferme comme les légumes. À la fin de repas qui se prolongeait un peu tard parfois, le fermier, après le café, servait la goutte « gnole » dans des petits verres. C'était souvent de l'eau-de-vie de poires ou d'autres fruits.

Samedi 26 août, le propriétaire de la locomotive et de la batteuse est venu chercher ses engins, car le mardi suivant il allait dans un autre ferme. Le fermier et sa famille se sont levés un peu plus tard. Ils ont dû tout ranger dans la maison. Le dimanche, comme de coutume, Joseph, le fermier assistait à la première messe de 6 heures 30, car après, il devait traire les vaches. La fermière Francine, les enfants et les grands-parents, Louis et Léontine, assistaient à la messe de 8 heures.

À la ferme, les grands-parents lisaient le journal du jour en premier. Les autres membres de la famille plus tard dans la journée s'ils en avaient le temps. En 1939, il n'y avait pas encore de poste de télévision et les postes de radio étaient assez rares. La presse seule donnait des nouvelles. Après la fête du battage du blé, la vie à la ferme a repris son cours normal. Mais, cette tranquillité n'allait peut-être pas durer.

Chapitre 4

Perspectives sombres

Les nouvelles au journal commençaient à prévoir des jours sombres. Le 1er août 1939, dans les nouvelles du jour, on apprend que ce même jour, à 4 heures 15 du matin, l'Allemagne et la Slovaquie ont attaqué la Pologne, sous les ordres d'Adolphe Hitler, sans déclencher pour autant une guerre. Cette campagne de Pologne s'est terminée le 6 octobre 1939.

Samedi 2 septembre, le vieux poste de radio à lampe (TSF) et le journal local de la Loire annoncent une mobilisation en Suisse. L'annonce à la radio, le lendemain, dimanche 3 septembre est des plus alarmante. Elle indique qu'à 11 heures du matin, c'est la mobilisation générale au Royaume Uni. Ce même dimanche, à 17 heures, c'est autour de la France de décréter la mobilisation générale. Ce même soir du 3 septembre, à 21 heures 30 l'Australie et la Nouvelle Zélande mobilisent à leur tour pour déclarer la guerre à l'Allemagne.

D'autres pays vont en faire de même : le Népal le 4 septembre, l'Afrique du Sud, le Canada le 10 septembre. Le 28 septembre, la Pologne est occupée. Le 6 octobre, c'est la mobilisation générale en Pologne. Ce dernier pays est agressé par Allemagne le 17 septembre 1939. La « Wehrmarcht » viole les frontières de la Pologne.

Londres envoie un ultimatum à Berlin en demandant une ultime conférence internationale. Mais Hitler ne répond pas. **La**

guerre est déclarée à l'expiration de l'ultimatum, le 3 septembre 1939 à 11 heures du matin. Ce même jour, les troupes Françaises et Anglaises sont constituées, commandées par le Général Gamelin.

À la mairie de Vierzon, le vendredi 1er septembre 1939, un télégramme officiel arrive à la mairie. Il demande l'ordre de mobilisation générale dont le premier jour est le dimanche 3 septembre. Le samedi 2 septembre 1839 à zéro heure, ce même télégramme arrive dans toutes les mairies. Le dimanche 3 septembre, le curé du village, dans son sermon, a abordé le problème de la mobilisation, du patriotisme, du devoir de défendre la France.

Joseph, le fermier est consterné par ces nouvelles. Il est très triste. Il se demande comment il va s'en sortir sans l'aide de ses deux fils. Ce dimanche, il n'a pas pu aller à la messe. Quelques jours plus tôt, le 25 août, c'était la fête à la ferme. Le battage du blé avait été un grand succès avec toute la famille et les voisins. Mais cette joie a été très vite estompée avec la déclaration de guerre.

Louis, le grand-père, lui aussi se fait du mauvais sang.

— Comment vas-tu t'en sortir, dit Louis à Joseph, avec quatre bras en moins ?

— Je ne sais pas a répondu Joseph. Mais toi, tu t'en es bien sorti durant les quatre années de la guerre de 1914-1918. Lorsque je suis parti, tu étais seul à la ferme.

— Advienne que pourra a-t-il dit. Les filles donneront un coup de main.

Le fermier et son père se sont consolés mutuellement.

— Mais la ferme est plus importante qu'en 1914 a souligné Joseph.

Lundi matin 4 septembre 1939, les deux fils, Jean et Mathieu avaient leur nom affiché en mairie. Ils étaient donc tous les deux mobilisables. En fin de journée ils ont pris le train en gare de Saint Étienne. Pendant ce temps, en quittant avec regret la ferme, ils ont vu tous les membres de la ferme pleurer, en particulier les femmes. Même les hommes avaient la larme à l'œil tout en cachant leur chagrin. Mais, d'un autre côté, les deux fils étaient fiers de partir défendre leur pays.

Jean et Mathieu ont été affectés au même régiment. En quelques jours, tous les appelés ont été regroupés au Centre Militaire de Lyon. Là, ils ont eu une journée de formation et on leur a distribué des habits militaires avec un paquetage et un fusil.

Pendant ce temps, à Paris, en ce début septembre, le Président du Conseil, Édouard Daladier et son Ministre des Affaires Étrangères demandent au Président de la République Albert Lebrun de déclarer la guerre à l'Allemagne au nom des engagements internationaux.

Jean et Mathieu ne se doutaient pas que cette deuxième guerre mondiale allait durer 6 longues années. Ce conflit international va mobiliser 100 millions de combattants, de 61 pays, sur 22 millions de kilomètres carrés. En fin de compte, 62 millions de personnes y perdront la vie, en grande partie des civils.

Chapitre 5

La campagne et la guerre

Avec le départ des hommes jeunes à la guerre, la vie à la ferme, comme dans tous les villages Français, est devenue de plus en plus difficile.

Joseph, le fermier de 50 ans, n'avait pas été mobilisé. C'est sur lui maintenant que reposait tout le poids de la ferme. Il ne pouvait pas trop compter sur son père âgé de 78 ans et sur les femmes. Francine, sa femme, se déchargerait des travaux de l'intérieur de la ferme pour aider son mari. Les deux filles se chargeraient d'assurer le travail de l'intérieur.

Le fermier se demandait s'il ne serait pas obligé de se séparer de quelques vaches pour joindre « les deux bouts ». Les grands – parents, les parents et leurs deux filles pensaient que cette guerre s'achèverait peut-être à la fin de 1940. Ils se disaient que Jean et Mathieu reviendraient bientôt à la ferme après quelques mois de conflit.

Mais, la réalité de la guerre allait leur donner tort. Dans le village, avec la pénurie des hommes jeunes partis au front, chaque ferme s'organise tant bien que mal. C'est alors une vie au ralenti. À la ferme on achète très peu de choses. On consomme surtout des produits de la ferme. Mais, surtout en ville, comme à la campagne apparaissent les tickets de rationnement en particulier pour le pain. Il faut « faire la queue » devant la boulangerie pour avoir le peu de pain attribué à chaque famille. Il ne faut surtout pas perdre ces fameux tickets. Les magasins manquent de plus en plus de denrées de base comme le lait, le fromage le beurre… Les citadins sont obligés d'aller acheter au prix fort, aux agriculteurs, ce qu'ils ne trouvent plus en ville.

À la ferme de Joseph et Francine, chacun est triste. Les bras forts sont partis, mobilisés pour défendre la patrie. Marie, la plus jeune des filles dit à sa sœur :

— J'espère qu'on va remplacer nos frères à la ferme. Sa sœur lui a répondu :

— On ne peut pas demander à Louis, notre grand-père de 78 ans, de reprendre du service à la ferme. Benoîte a confié à sa sœur Marie :

— Pour que maman aide plus papa à la ferme, on pourrait prendre en charge l'entretien intérieur de la maison : ménage, linge, lessive… On pourrait également aider maman à faire les fromages et le beurre.

Les deux sœurs ont proposé à leurs parents l'aide qu'elles avaient convenue.

À la fin du mois d'octobre 1939, le facteur a apporté un premier courrier tant attendu, celui des deux fils. Cela a été une grande joie pour toute la famille. Ils écrivaient :

« Bien chers tous, après notre départ, vous devez vous faire beaucoup de soucis pour nous. Nous sommes restés plusieurs jours au centre de recrutement, de mobilisation de Lyon. Là, on a eu une petite formation sur nos devoirs de soldats : défense de la patrie mais aussi des punitions pour les éventuels déserteurs. On nous a également informés de la conduite à tenir si nous étions faits prisonniers par les Allemands.

Tous nos camarades s'attendaient à être peut-être faits prisonniers. Nous on a été dispersé dans plusieurs casernes de la région. On nous a remis des habits de soldats et un grand sac avec le strict nécessaire. Un train a été réquisitionné pour nous transporter de

Lyon à Lille. Là aussi, on nous a répartis dans plusieurs casernes. On nous a dit d'attendre les instructions. Nous sommes encore tous les deux ensemble. C'est une chance, on s'encourage mutuellement. Mais cela va-t-il durer on ne sait pas du tout.

Des soldats gradés nous ont expliqué la situation avec des mouvements des troupes Allemandes observés. Les soldats Allemands arriveraient probablement dans le nord après avoir traversé la Belgique. Tous les soldats ont encore le moral. On mange comme à la caserne durant notre service militaire, de la « Tambouille ». Il ne faut pas faire les difficiles. Nous couchons dans de grands dortoirs où nous sommes près de 50. Il n'y a pas assez de douches. On dort mal à cause de la literie et de notre inquiétude de l'avenir.

Le matin, on a des instructeurs qui viennent nous parler. Ils nous donnent des instructions sur la situation. Ils nous expliquent le maniement et l'entretien du fusil. L'après-midi, on a de grands moments de libres. On nous a distribué des paquets de cigarettes. Beaucoup de nos camarades fument pour passer le temps. Nous deux, on ne fume pas encore.

On pense bien à vous tous à la ferme. Cela doit être plus difficile sans nous. Papa, ne te fatigue pas trop. N'hésite pas à te séparer de quelques vaches si le travail est devenu trop lourd. On en élèvera d'autres lorsque nous serons de retour. On redoute l'hiver. En général, il est plus rude dans le nord. On garde un bon moral pour l'instant. On vous laisse, pour aujourd'hui. Bon courage et bisous à tous, signé : Jean et Mathieu ».

Le soir, au coin du feu, à la ferme, chacun a regardé avec curiosité cette première lettre des deux fils. Les voisins nous ont demandé des nouvelles de nos deux soldats.

Dans tous les villages, les habitants des fermes de prisonniers se rencontrent. Les personnes demandent les nouvelles reçues, elles visitent les malades, échangent des tickets de pain. Une association des femmes de prisonniers s'est même constituée. Toutes les familles essaient de « tenir le coup » en se persuadant que cela ne va pas durer et que ce sera bientôt le retour des hommes tant espéré.

Joseph, sait ce que c'est que la guerre. Lui aussi est parti à la guerre, à 25 ans, en 1914. Il se rappelle toutes les privations qu'il a endurées durant la première guerre mondiale de 1914 à 1918. Mais, il n'en parle pas pour ne pas inquiéter la famille. Il n'a même pas le temps d'y penser. Le travail à la ferme est plus dur. Cela lui demande une grande énergie pour compenser les quatre bras en moins de ses deux fils. Tous les habitants de la ferme sont inquiets et se demandent combien de temps va durer cette deuxième guerre. Ils l'espèrent plus courte que la première qui a duré quatre ans.

À la ferme, les privations ne se font pas encore trop sentir. L'exploitation est encore capable de nourrir toutes les personnes. Mais, au fur et à mesure que les semaines de guerre s'accumulent, la nourriture commence à manquer surtout en ville. Les cartes de rationnement, les restrictions favorisent le marché noir qui commence à se mettre en place. Par exemple, la douzaine d'œufs valant 36 francs est revendue de 100 à 200 francs. Les citadins achètent dans les fermes et revendent beaucoup plus cher dans leur quartier.

Chez Joseph et Francine, on redoute déjà le premier hiver de guerre tout espérant que ce sera aussi le dernier. Mais une guerre brève est peu probable. Ils vont leur donner des nouvelles de la ferme qui fonctionne encore assez bien. Il faut dire que le gros du travail : récoltes… est achevé.

À Noël et le jour de l'an, où la famille est réunie, on remarque sur les visages de la gravité, de l'inquiétude, à cause des deux garçons partis défendre la patrie. Chacun souhaite une bonne année, tout en espérant pour 1940, le retour des fils.

Début janvier, il est tombé une bonne couche de neige. Tous ont pris des pelles pour faire des passages pour aller au corps de ferme. Après la neige, c'est un froid glacial qui est arrivé. Au bout de quelques jours, le thermomètre est descendu à moins 10 degrés. Cette température polaire n'est pas courante l'hiver. Des fleurs de glace apparaissent sur les vitres gelées, car, il n'y a qu'un simple vitrage à cette époque. Ce froid a duré au moins deux semaines.

En cette période, à la fin mars, après la neige et le froid, le printemps est enfin arrivé. Vers le 15 avril, les vaches sont retournées au pré. Les nouvelles des deux fils sont rares. La dernière lettre de Mathieu et Jean datée d'avril est arrivée le 15 mai. Ils disent peu de choses sur leur vie de tous les jours. Les responsables militaires ont dit qu'ils allaient partir dans le nord. D'autre part, ils n'étaient pas certains de rester ensemble.

Chapitre 6

De tristes nouvelles

À la ferme, le soir au coin du feu, on écoute attentivement la radio. Ce jour-là, le fermier entend que les Allemands partis de Reicheneau le 10 mai 1940 sont arrivés à Namur en Belgique le 16 mai 1940. Le 25 mai, ils sont à Lille. Le 5 juin, les Allemands livrent la bataille de la Somme.

Puis, les courriers des deux fils ont cessé. Le fermier a appris par des voisins que leur fils avait vu les deux nôtres. Ces derniers avaient fait une tentative d'évasion. Lors d'une bataille, ils avaient été faits prisonniers et étaient arrivés le 31 juillet 1940 au Stalag III B à Fûrtenberg sur Oder.

Le courrier des deux fils, écrit en août est arrivé à la ferme fin septembre. À la ferme, tous étaient inquiets de savoir ce qu'ils étaient devenus. Ils racontaient qu'ils étaient prisonniers en Allemagne dans un Stalag. Ils ne parlaient pas de leur intention de s'évader. Mais, ils nous décrivaient les baraquements en tôle ondulée et entourés de barbelés. Ils étaient surveillés par des policiers allemands armés, en haut des 4 miradors.

Dans la journée, les deux fils toujours ensemble, travaillaient dans une ferme des environs, aux travaux d'une ferme, tout en étant un peu moins surveillés. L'appel était fait par un gradé au départ et au retour au Stalag. Dans leur baraquement, ils sont 20 prisonniers surveillés par 6 soldats Allemands assez âgés. La ferme où ils travaillent est très grande, plus de 100 hectares. Ils cultivent le blé...

Ils sont restés dans cette ferme jusqu'à la fin de l'année 1941. Ils ne mangent pas assez, vu le travail pénible qu'ils effectuent. Ils sont aidés par d'autres prisonniers : polonais, russes… Pendant ce temps, les troupes Allemandes pénètrent plus en profondeur en France : dans l'Aisne, la Marne, où elles effectuent une grande bataille, celle de la Marne, avec l'armée Française, le 12 juin 1940. Le 15 juin, les Allemands traversent la Seine. Le 17 juin, ils traversent la Loire près d'Orléans.

Les prisonniers Français racontent qu'ils ont essayé de saboter la batteuse de blé. À cet effet, ils ont caché une pierre dans une gerbe de blé. À un moment donné, il y a eu un bruit anormal. La pierre a cassé le moteur électrique de la batteuse. Les SS ont été aussitôt avertis. Ils ont aligné tous les prisonniers devant un mur. Un SS les a mis en joue pour que le responsable se dénonce. Le fermier Allemand a sauvé les Français en accusant un prisonnier Polonais à notre place.

Certains prisonniers ont même risqué leur vie à plusieurs reprises. Jean et Mathieu auraient bien voulu s'évader. Mais, peu réussissaient à le faire. Pour punir les prisonniers, après le coup de la batteuse immobilisée pour un mois, tous les prisonniers ont été transférés au début novembre 1941 au Stalag III C à Cûstrin. Là, Jean et Mathieu ont écrit :

« Nous avons été mutés le 1er novembre 1941, pour nous punir, dans un autre Stalag plus sévère. L'hiver y est terrible et le travail est d'une dureté exceptionnelle. Il fait très froid où on va travailler, aux alentours de moins 15 degrés. Plusieurs de nos camarades ont déjà eu les pieds ou les mains gelés. Ils sont repartis en France en voiture sanitaire. On n'a pas d'habits chauds pour affronter le froid. On travaille à aménager des routes. C'est un véritable enfer que nous vivons.

Nous sommes chanceux car on est encore ensemble, mais pour combien de temps. Nous regrettons la ferme du Stalag III B. C'était le paradis à côté de maintenant. D'autres de nos camarades prisonniers, travaillent dans des usines, des forêts ou construisent le mur de l'atlantique.

Cela fait maintenant deux ans que nous sommes partis tous les deux de la ferme. Nous pensons tous les jours que cette guerre va se terminer prochainement et que nous pourrons revenir à la maison. Alors, ce sera le paradis après l'enfer. Nous ne savons pas jusqu'à quand nous allons pouvoir tenir. Nous n'avons pas trop le moral. Mais, au fond de nous, il nous reste l'espoir. C'est notre seule raison de vivre ou plutôt de survivre.

Nous n'avons pas assez à manger, vu le travail de forçat qu'on nous fait faire avec le froid intense. C'est avec plaisir que les prisonniers reçoivent des colis de leur famille. Mais, les gardiens fouillent les colis et prennent ce qui leur fait plaisir. Aujourd'hui, deux de nos camarades ont eu les mains gelées. Un autre en a marre et veut se sauver à tout prix, quitte à se faire prendre ».

Les fermiers, comme toute la famille, sont très tristes de ces mauvaises nouvelles. Ils se demandent comment nous pouvons résister à toutes ces épreuves. L'hiver à la ferme, c’est rien du tout, par rapport à ce que vivent les prisonniers en Allemagne.

Voyant que le froid sibérien gèle de plus en plus des pieds et des mains de prisonniers, les Allemands ont arrêté provisoirement la construction de la route et de la voie ferrée. Les prisonniers ont été transférés le 20 décembre 1941. À la fin février, un nouveau courrier, plus rassurant arrive à la ferme. Les deux fils nous rassurent :

« Bien chers tous, vu le froid qui allait tous nous geler, on nous a transféré un peu plus au chaud, dans un autre Stalag, près de Düsseldorf. Nous travaillons dans une usine d'armement Allemande. On a beaucoup moins froid, à l'abri. On mange presque à notre faim. Le moral est meilleur, même si on est toujours prisonniers.

On a reçu votre colis la veille de notre départ, c'est une chance. Pour Noël, on est resté au Stalag et on a eu un petit supplément au menu, une part de gâteau. Même si le travail est pénible, avec les 3 équipes de 8 heures qui se remplacent, c'est mieux que le précédent travail au-dehors avec le froid. Par contre, au Stalag, il fait assez froid. Il n'y a pas assez de bois pour nous chauffer. À l'usine, il faut tenir la cadence et alimenter les machines qui tournent jour et nuit. Notre usine alimente une grande partie de l'armée allemande dispersée sur de nombreux fronts en Europe ».

À la ferme parentale, tout le monde se doute bien que les appréciations des deux fils ne reflètent pas la réalité de la dure vie des prisonniers. Les fermiers se débrouillent tant bien que mal. Francine aide beaucoup Joseph. Quant à Marie et Benoîte, elles tiennent propre la maison. Elles ont pris le coup de main pour faire les fromages de vaches (les briques), guidées par leur mère.

L'hiver 1941 est un peu moins froid que celui de l'année précédente. Dans les fermes des villages du haut Forez, les Allemands réquisitionnent de la nourriture pour nourrir leurs troupes. Ils se font donner des pommes de terre, d'autres légumes de la viande... Lorsqu'un veau est tué, il faut en garder une partie pour les Allemands. Dans les usines, ils se font donner du savon.

Les maquisards français pourchassent les Allemands. Ils se cachent, tout en leur tendant des pièges. Eux aussi demandent de la nourriture dans les fermes. En ville tout est rationné, depuis la nourriture jusqu'au charbon en passant par le tabac, les habits, les chaussures. L'orge et les glands grillés, font oublier le vrai café introuvable. Le quotidien est de plus en plus difficile à assumer.

Le troc se développe tout comme le marché noir. Par exemple, un cochon est échangé contre un costume. L'essence non utilisée devient une fortune. On évite le gaspillage au maximum. Par exemple, on mobilise les enfants de l'école pour ramasser les châtaignes, les glands... On met en culture les terres non cultivées. On augmente la production de colza. Les paysans cachent leurs réserves aux Allemands qui réquisitionnent dans les fermes.

Chapitre 7

Progression de l'invasion

L'année 1941 s'achève avec la poursuite de la guerre. Les Allemands envahissent de plus en plus des secteurs de la France. Quant à Jean et Mathieu, ils travaillent toujours dans une usine d'armement en Allemagne.

À la fin de l'année, leur courrier n'apporte rien de nouveau. Ils écrivent :

« Nous travaillons toujours à fabriquer des armes jour et nuit. Il fait froid dans l'usine sans chauffage et il y a beaucoup de bruit. On est tout le temps surveillé par des SS armés. Ils nous obligent à tenir un rythme rapide. Au changement d'équipe, un camion nous ramène au Stalag où nous essayons de nous reposer. La nourriture est assez bonne mais insuffisante pour les efforts que nous fournissons durant 8 heures. Le plus dur pour nous c'est le travail de nuit. On se demande, après plus de deux ans de guerre, quand on en verra la fin.

Nous espérons qu'à la ferme tout va pour le mieux. Plusieurs de nos camarades font des plans et repèrent les trajets des convois transportant des armes pour la France, pour alimenter l'armée Allemande. Si cela dure encore longtemps nous aussi on essaiera de se faire « la belle ». Nous sommes une trentaine au Stalag où l'appel est fait matin et soir.

Nous sommes très prudents et nous n'essayons pas de renouveler l'expérience de la batteuse. Nous sommes très bien surveillés. Si nous sommes attrapés à saboter une machine, c'est l'exécution par les armes sur-le-champ. À chaque départ du Stalag et à chaque retour nous sommes comptés pour prévenir toute tentative d'évasion. Le parcours du Stalag à l'usine est un peu moins surveillé, avec un chauffeur et deux soldats. Ce n'est pas le cas des camions d'armes qui partent pour la France. Ils sont escortés avec soin.

Les mois se passent dans la routine des 3 postes. Travail et repos au Stalag sont alternés. Toutes les semaines on change de poste, cela est très pénible. Certains essaient de se renseigner sur les camions qui partent de l'usine pour la France.

Vos courriers nous arrivent parfois au bout de 3 semaines et plus. Le soir au Stalag, chacun partage ses nouvelles avec ses voisins.

Toutes les familles des prisonniers sont dans l'attente et souffrent du manque de bras, surtout à la campagne. Elles se rendent bien compte que les prisonniers sont de plus en plus fatigués à cause du travail dur dans le bruit. Cela est aggravé par le manque de nourriture. Les parents envoient bien des colis alimentaires à leurs fils. Mais, il arrive que les Allemands se servent avant de nous les donner ».

La fin de l'année 1942 s'achève avec de plus en plus d'inquiétude. On sent naître un désir grandissant de lassitude, d'espoir que cette guerre, débutée il y a plus de deux ans, s'achève au plus vite. En cette fin de l'année 1942, toute la France est occupée par les troupes Allemandes. Une nouvelle lettre arrive à la ferme.

« Nous allons pour le mieux disent-ils avec le début de l'été 1942. Nous n'avons pas à manger à notre faim, mais nous tenons bon. Tous deux, nous avons perdu des kilos. Un immense merci pour vos colis, ils sont les bienvenus. Malgré les mois qui passent, nous ne vous oublions pas. Voilà bientôt trois ans que nous avons quitté la maison. On mesure les sacrifices, que malgré nous, nous vous imposons ».

Jean écrit :

« Depuis plusieurs mois, nous n'avons pas de vos nouvelles. Il faut dire que j'ai été muté, en juin, dans un autre Stalag, sur les bords du Rhin à Karlsruhe. Le voyage en camion a été très long. Je travaille toujours dans une usine.

L'usine où nous étions avant a pris feu et le dépôt d'armes a explosé. Mathieu a été blessé. Depuis, je n'ai pas de ses nouvelles. Le camion de la Croix-Rouge Allemande a ramassé tous les blessés. Ils seront peut-être ramenés en France. Peut-être que Mathieu va revenir à la ferme, je ne sais pas en quel état.

Quant à moi, je n'ai pas eu de mal, je chargeais un camion, à l'extérieur de l'usine ».

Ces tristes nouvelles ont plongé tous les habitants de la ferme dans la stupeur, mais surtout les parents. Francine, la maman, a pleuré tout l'après-midi. Elle se demandait ce que Mathieu, l'aîné de ses fils, allait devenir.

Est-il blessé gravement, où est-il, en Allemagne, en France dans un hôpital militaire ?

Chapitre 8

Le retour et la fin de Mathieu

Ce n'est que quelques semaines plus tard qu'un gendarme du village est venu à la ferme.

Il nous a annoncé que notre fils Mathieu avait été sérieusement blessé, lors d'une explosion au travail, à l'usine d'armement, fin février 1942.

D'autres jeunes du village avaient été rapatriés en France par le service sanitaire, car ils avaient été blessés au front. À la ferme, alors, la tristesse, l'angoisse s'est emparée de tous les habitants.

Quelques semaines après, un hôpital militaire de Paris a prévenu le fermier que Mathieu y était soigné, avant de revenir à la maison, avec une jambe sérieusement touchée.

Début avril, une ambulance est arrivée dans la cour de la ferme. Tous sont arrivés rapidement pour voir Mathieu. Il était sur un brancard, car il ne pouvait pas marcher. Une de ses deux jambes était coupée en dessous du genou. Sa jambe avait été broyée dans une explosion à l'usine d'armement en Allemagne. Il a dû être amputé, car il risquait la gangrène.

Tous se sont pressés autour de l'ambulance pour l'embrasser et lui poser des questions. Les ambulanciers ont déposé Mathieu sur le lit de sa chambre. Tous se sont écriés :

— Il est vivant, mais, dans quel état.

Sa famille l'a trouvé amaigri par le manque de nourriture, le travail très dur. Il avait le teint assez terne. Francine est restée longtemps avec Mathieu. Elle lui a apporté à manger et a dit au médecin de passer voir son fils.

Les voisins sont venus voir Mathieu et lui ont posé de nombreuses questions. Cela l'a fatigué. Ce n'est que tard dans la nuit qu'il s'est enfin endormi.

Quelque temps après, Jean, le 2ème fils, toujours en Allemagne a envoyé un courrier à sa famille, pour demander des nouvelles de son frère.

« Je pense, écrit-il, que Mathieu sera bien soigné en France. Je pense bien à lui, embrassez-le pour moi. Il a été mon frère et mon camarade de captivité durant plus de 2 ans ».

Le médecin est passé à la ferme le lendemain. Il a conseillé d'envoyer Mathieu à Saint Étienne, en service de Chirurgie, car en Allemagne, blessé, il n'avait pas très bien été pris en charge. L'ambulance est donc revenue à la ferme pour transporter Mathieu à Saint-Étienne. Une lettre a été envoyée à Jean, pour le rassurer sur l'état de son frère. Ses parents lui écrivent :

« Ton frère Matthieu a été transporté en service de chirurgie à Saint Étienne pour y être mieux soigné. On te fait parvenir un colis. Tiens bon Jean. La guerre finira bientôt. Fais attention à toi au travail, sois très prudent ».

Le médecin de la famille du village est resté en relation avec l'hôpital de Saint Étienne pour donner des nouvelles de Mathieu à la famille. Cette dernière est satisfaite du retour de Mathieu, mais inquiète pour sa jambe amputée. Le médecin passe de temps en temps à la ferme pour donner des nouvelles. Il indique qu'au niveau de l'amputation de la jambe de Mathieu, cela ne guérit pas. Après son accident, il a été soigné de manière légère à cause de la guerre. C'est pour cela qu'il va encore rester quelque temps à l'hôpital.

À la fin du mois de mai 1942, l'état de la jambe de Mathieu ne s'améliore pas. Pour éviter la gangrène, le chirurgien propose de faire une nouvelle amputation, cette fois, au-dessus du genou. Très courageux, Mathieu accepte, pensant qu'après la guérison, on pourra l'appareiller avec une prothèse.

L'intervention chirurgicale a eu lieu au début du mois de juin 1942. Mathieu a dit :

— J'espère que pour l'été, je pourrai retourner à la ferme, même avec une seule jambe.

Les pansements sont refaits plusieurs fois par semaine. Mais de la plaie recousue de la jambe amputée, il y a toujours des sécrétions purulentes. Cela inquiète le chirurgien. À l'époque, l'antibiothérapie n'est pas encore très développée. À la ferme, tous pensent qu'il va revenir bientôt. Les médecins, par contre, ne sont pas trop optimistes. Ils pensent qu'après l'explosion à l'usine d'armement, la jambe de Mathieu n'a pas été soignée rapidement et correctement sur le front en Allemagne ainsi que lors du retour en France, à l'hôpital militaire à Paris.

Les semaines passent et Mathieu reste toujours à l'hôpital. En plein été, fin juillet, les parents de Mathieu ont été convoqués par les médecins de l'hôpital. Ces derniers leur ont dit :

« On a de gros soucis avec la jambe de votre fils. Malgré les meilleurs soins, on n'arrive pas à arrêter l'infection avec les antibiotiques que nous avons à notre disposition. Avant d'en parler à votre fils, on préfère vous dire la vérité. On fait le maximum pour éviter le pire, c'est-à-dire une septicémie partielle qui pourrait ensuite se généraliser.

— Pensez-vous que Mathieu pourra accepter qu'on lui dise la vérité ont dit les médecins aux parents.

— Oui, si vous médecins, vous lui révélez progressivement la gravité de son état, tout en luttant au maximum contre la douleur ».

Mathieu, petit à petit, a appris ou plutôt a deviné la gravité de son état. Peu à peu, il s'est résigné. Lors d'une visite de ses parents à l'hôpital, Mathieu dit :

— Je sais qu'avec l'état de ma jambe, mes jours sont comptés, m'ont laissé entendre les médecins. Cela fait 3 ans que je suis parti de la ferme, début septembre 1939. Et la guerre n'est toujours pas terminée. Je pense que je ne verrai pas l'armistice, ou alors, il faudrait un vrai miracle. Mais, je veux retourner à la ferme, même si ce n'est que pour quelques semaines ou quelques jours.

Les médecins ont accepté de réaliser le désir de Mathieu de finir sa vie au milieu des siens. Sa famille très chrétienne a accepté et a préparé le retour de Mathieu à la ferme pour finir sa vie, à tout juste 30 ans. C'est dur à vivre pour tous. Cela est aussi une dure épreuve pour les parents. Mais au moins, Mathieu sera entouré de sa famille pour le « grand départ ».

Fin août 1942, une ambulance a ramené Mathieu à la ferme. On lui a réservé une chambre aménagée au rez-de-chaussée. Les ambulanciers ont apporté des médicaments pour calmer la douleur. Mathieu, a été accueilli du mieux possible. Tous les habitants de la ferme ont le visage grave, soucieux. Quant à Mathieu, il a beaucoup maigri. Il semble résigné, mais soucieux pour son frère Jean, resté en Allemagne.

Avez-vous des nouvelles de mon frère a demandé Mathieu :

— Oui, nous recevons des nouvelles de Jean assez régulièrement ont répondu les parents. Il travaille toujours dans une usine, sur les bords du Rhin en Allemagne, loin de la France. Il trouve très longue cette guerre. Il apprécie beaucoup les colis alimentaires que nous lui faisons parvenir. Il dit ne pas toujours manger à sa faim. Il laisse penser qu'il a mûri avec d'autres Français un projet d'évasion.

— C'est très dangereux pour Jean de s'évader a répondu Mathieu, même si plusieurs soldats l'ont tenté. Jean risque de se faire arrêter en France par les Allemands et être ensuite déporté a conclu Mathieu.

Les voisins viennent rendre visite à Mathieu. Ce dernier vit au jour le jour, se sachant condamné à brève échéance. Le médecin du village lui donne tout juste deux semaines de vie. Toute la famille est aux petits soins pour Mathieu. Mais ce dernier mange de moins en moins. Il sort du lit pour aller au fauteuil. Une semaine après, l'état de Mathieu s'est dégradé rapidement. Il n'a même plus la force de se lever du lit. Il a sombré dans un état comateux. 2 jours plus tard, le 8 septembre, il a rendu son dernier soupir entouré de plusieurs personnes de la famille, sa maman lui tenant la main pour faire « le passage ». Le 11 septembre ont eu lieu les funérailles à l'église, bien trop petite pour contenir tous les paroissiens et amis.

Toute la famille, bien que triste a accepté cette épreuve avec une très grande dignité. Au monument aux morts, son nom a été ajouté à la liste des soldats morts pour la France dans la commune. Pour les fermiers d'autres épreuves les attendent peut-être.

Chapitre 9

Retour au calme à la ferme

Après quelques jours de deuil à la ferme, la fête de la batteuse retardée à cause de Mathieu a quand même eu lieu. Mais, elle a été moins gaie que d'habitude. Le repas a été plus court et moins copieux que d'habitude, car les femmes avaient remplacé sur la batteuse les hommes partis au front. Petit à petit, la vie à la ferme a repris son train-train quotidien. En septembre, la chaleur a été un peu moins forte. Mais, avec la guerre qui dure, les restrictions se font encore mieux sentir.

Au mois de novembre 1942, les Allemands occupent toute la France. Mais, après le décès de Mathieu, les épreuves sont-elles terminées pour cette famille du haut Forez ?

Les femmes du village se réunissent de temps en temps et partagent les nouvelles de leurs fils mobilisés depuis maintenant plus de trois ans. Plusieurs soldats du village ont déjà perdu leur vie au combat. Elles partagent leur tristesse, leurs peines et leurs espoirs.

En ce début d'automne 1942, la vie devient de plus en plus dure à cause du manque d'hommes pour travailler. Le rationnement devient de plus en plus strict avec le pain, le beurre, le sucre, le café, la viande, les œufs, l'huile, le chocolat, le lait, les pommes de terre... Le troc et le marché noir se développent de plus en plus. On lutte contre le gaspillage, on réutilise les mégots de cigarettes, les siens comme ceux des autres.

À la ferme on cache une partie de la production, car les

Allemands en réquisitionnent une partie. La lutte contre les Allemands se poursuit. Les maquisards, eux aussi, se font donner de la nourriture dans les fermes. Ils montent des opérations contre l'envahisseur.

Les lettres de Jean qui travaille toujours en Allemagne se font de plus en plus rares. Il apprécie les colis envoyés par ses parents. Ce dernier écrit :

« Un grand merci à Francine et à Joseph. Vos colis me réconfortent et me rappellent le haut Forez. J'espère de tout cœur que je reviendrai à la maison.

Après plus de 3 ans de mobilisation, de privations, de travail dur et éprouvant à la chaîne, on aimerait voir la fin de cette terrible guerre.

Deux de mes camarades, aujourd'hui, sont portés disparus à l'appel au Stalag et à l'usine. Ils se sont probablement évadés. Ils ne pouvaient plus tenir face à cette situation de guerre prolongée.

Nous avons été punis et privés de nourriture durant une journée. Le garde SS nous a prévenus :

- À la prochaine évasion, c'est l'un de vous qui sera fusillé devant tous ses camarades.

J'ai eu très peur, comme tous mes camarades du Stalag. Mais le grand désir de rentrer en France, la solitude de nos travaux « forcés », le manque de nourriture sont plus forts. Certains de mes camarades parlent quand même de s'évader, mais pas dans l'immédiat, car les SS ne badinent pas avec leur promesse.

Nous continuons à travailler avec le bruit des machines. Nous ne mangeons pas assez, vu le travail physique que nous fournissons. Beaucoup de mes camarades ont beaucoup maigri, tout comme moi-même ».

Les courriers de Jean sont toujours appréciés à la ferme. Les fermiers ont peur que, vu les conditions de vie au Stalag et à l'usine, Jean avec certains de ses camarades pourraient s'évader durant le transfert du Stalag au camion vers l'usine. Mais cela est très risqué.

À la ferme, la vie se poursuit tant bien que mal. En ce mois de novembre, les premières gelées sont arrivées, ainsi qu'une mince couche de neige. Toute la famille s'y est mise pour écrire à Jean et lui confectionner un colis. Ils écrivent :

« Merci, Jean, pour tes nouvelles d'Allemagne. Nous allons, ces jours-ci, t'envoyer un nouveau colis. Nous espérons qu'il te parviendra en bon état. À la maison, tous les gros travaux sont terminés. Cette année avec la guerre et l'occupation, on a produit moins de blé. De plus, les occupants en prennent une partie.

Francine fait toujours des fromages. Marie et Benoîte, les deux filles la remplacent beaucoup pour tenir l'intérieur de la maison.

Ne prends pas trop de risques pour réaliser tes projets et ceux de certains de tes camarades.

Pépé Louis est un peu fatigué. Il a eu 81 ans ces jours-ci. Il tousse un peu. Le soir, avant de se coucher, il prend un bon grog avec de la « Gnole... »

L'hiver 1942-1943 a été assez froid. En février une couche de 30 centimètres de neige est tombée. Cela a isolé les maisons du village. Mais, en avril 1943, le beau temps est enfin revenu. Les restrictions sont toujours fortes. Nous produisons nos aliments. Mais, nous sommes obligés d'en cacher une partie, car les Allemands se servent. Nous cuisons toujours le pain, mais il devient de plus en plus difficile de trouver de la farine. Son prix a grimpé et le meunier est très contrôlé depuis l'occupation. D'autre part, le bois pour chauffer le four à pain est difficile à trouver. Surtout à la ville, les gens sont de plus en plus tristes, mélancoliques à cause de la guerre qui se prolonge et dont on ne voit pas encore le bout.

Les usines ne fonctionnent presque plus faute d'hommes. Beaucoup ont fermé. Le printemps et l'été 1943 se passent sans histoire. Les lettres de Jean, toujours en Allemagne, sont de plus en plus rares et les colis envoyés ne lui parviennent pas toujours. Ses parents sentent qu'il ne peut pas dire toute la vérité, d'où des nouvelles très vagues.

Elles reflètent de la fatigue, de la lassitude à cause du travail très dur et de la nourriture insuffisante. Ses parents se doutent bien qu'avec ses camarades, Jean ne laissera pas passer une occasion de se « faire la belle », même si cela présente de gros risques.

Les travaux des champs se font au minimum. Mais, il faut bien nourrir les animaux, la volaille... Le bois se fait de plus en plus rare. Pour battre le blé, il en faut beaucoup pour alimenter la locomotive de la batteuse. Les occupants nous prennent une partie de la production. De plus, il faut déclarer tous les quintaux de blé battus dans chaque ferme.

À la ferme, le battage du blé a été plus court, à cause de la production plus faible et du manque de bras d'hommes. Grand-père, depuis l'hiver précédent (1942-1943) est toujours encombré. De plus, les maisons ne sont pas très chauffées avec les hivers rigoureux. On met bien chauffer une brique dans le four qu'on met ensuite dans les lits. On apprécie les édredons en duvet de canard. Le matin, les chambres sont glacées, avec des vitres fleuries avec le gel.

Tous les matins, la fermière allume le fourneau de la cuisine et met du bois. Elle l'économise le plus possible. En ce temps de guerre, les fournisseurs de bois s'enrichissent. Ils vendent le bois 2 à 3 fois plus cher qu'avant.

L'automne 1943 arrive à la ferme. La perspective du futur hiver inquiète le fermier. La production de la ferme arrive tout juste à nourrir le bétail. Cela fait plusieurs mois que Jean n'a pas écrit. Avec l'automne les travaux de la ferme ralentissent. Au début du mois de novembre, les premières gelées arrivent. Les vaches vont bientôt rester à l'étable avec le froid qui arrive.

Grand-père est de plus en plus encombré. À la fin du mois de novembre, le médecin est venu le voir à la ferme. Il lui a donné un nouveau traitement. Si, à la fin du mois de décembre, son état bronchique ne s'est pas amélioré, il le fera hospitaliser en début d'année 1944. Le 15 décembre, une petite couche de neige a recouvert les plateaux du haut Forez. Comme tous les hivers les travaux de la ferme sont surtout à l'intérieur. Le foin est la principale nourriture des vaches. Il n'y a pas beaucoup de lumière pour la traite des vaches. Les lampes électriques sont peu nombreuses. Elles ne procurent qu'une faible lumière. Une lampe portative éclaire un peu mieux l'écurie.

Fin janvier 1944, grand-père est de plus en plus encombré. Le médecin le fait hospitaliser à Montbrison. En février, son état bronchique s'est même aggravé. Le 3 mars 1944, il est décèdé à l'hôpital, à l'âge de 83 ans. De nombreuses personnes du village et des villages voisins se sont rendues à l'église du village pour les funérailles. L'église est bien trop petite pour contenir toutes les personnes. Plusieurs, malgré le froid, vif sont restées au-dehors. Le grand-père Louis était né en 1861. C'est lui qui avait créé la ferme la plus grosse du village. Il s'en est occupé depuis 1878. En 1926, il a laissé la ferme à son fils Joseph. Ce dernier l'a agrandie en 1935.

Après ce deuxième deuil à la ferme, la série noire va-t-elle s'arrêter ? Léontine, la grand-mère, âgée de 81 ans a été beaucoup affligée du décès de son mari. Les fermiers l'ont alors un peu plus entourée. Elle a encore une bonne santé pour son âge. Elle a mené sa vie « à la dure » avec Louis dans les années 1900.

Chapitre 10

Le retour des prisonniers

Au début avril 1944, deux jeunes prisonniers sont arrivés au village. Ils ont dit qu'ils s'étaient évadés d'Allemagne. Ils ont raconté avoir vécu avec Jean dans le même Stalag que lui. Ils ont, à plusieurs reprises, essayé de s'évader ensemble, mais sans succès. Jean leur avait dit qu'il n'en pouvait plus de travailler si dur, en ne mangeant pas assez.

Les deux évadés sont arrivés en France après de nombreuses embûches. Ils ont beaucoup maigri en ne mangeant pas à leur faim. Ils ont indiqué que les lettres ainsi que les colis étaient visités par les Allemands responsables du Stalag. Ces derniers n'hésitaient pas à y prendre ce qui leur plaisait, en particulier les saucissons fermiers. C'est pour cela que dans leurs courriers ils ne disaient que des banalités et rien de la réalité de leur vie dure de prisonnier, du camp et du travail à l'usine…

Les deux prisonniers évadés ont été très marqués par plus de 4 ans de travail très dur, de la nourriture insuffisante, des brimades des Allemands qui surveillaient le Stalag. À leur arrivée au village, ils sont déconnectés de la vie en France.

La dernière lettre de Jean date d'avant le décès de grand-père en mars 1944. Les parents pensent que Jean n'a pas reçu leurs derniers courriers et colis, ou qu'il a changé de Stalag. Ils sont en peine et n'osent pas envisager le pire : évasion, reprise… Les semaines passent, très longues et sans nouvelles. Cela inquiète tout le monde à la ferme. Tous les membres de la famille sont anxieux.

À la ferme, avec l'arrivée de l'été 1944, tous ont beaucoup de travail. Mais, le soir au moment du repas, tous parlent de Jean et espèrent le voir revenir, une fois les prisonniers libérés. Cependant, ils redoutent une évasion qui aurait mal tourné.

Au début de juillet 1944, un lundi matin, mauvais présage, deux gendarmes arrivent à la ferme. Cela n'est pas de très bon augure, se dit le fermier en les apercevant.

— Qu'est-ce qui vous amène leur dit Joseph.

— On ne vous apporte hélas pas de bonnes nouvelles de votre fils Jean.

— Que lui est-il arrivé, interroge Joseph ?

— Avec d'autres prisonniers, Jean s'est évadé du Stalag, après le contrôle du soir dans les baraques. Le matin, au départ pour l'usine d'armement de Karlsruhe, ils n'étaient pas présents. Cela a mis les surveillants dans une très grosse colère.

Mais les fuyards étaient probablement loin. Ils ont dû marcher le plus longtemps possible, se cachant la nuit. En franchissant la ligne de démarcation, ils ont sauté sur des mines Allemandes, près d'une ferme. Deux d'entre eux ont été tués sur le coup, **dont votre fils Jean.** Le troisième a été grièvement blessé.

Joseph, à ces mots des gendarmes, s'est mis à pleurer à chaudes larmes, lui qui était si fort d'habitude. Les gendarmes ont tiré de leur sacoche, une enveloppe qui contenait les papiers d'identité de Jean, ainsi que sa montre et son couteau.

— Ces objets ont affirmé les gendarmes, ont été trouvés par le fermier, tout près du lieu de l'explosion, sur les corps déchiquetés avec violence.

— Reconnaissez-vous ces objets, dit l'un des deux gendarmes.

— Oui, ils appartiennent bien à Jean, a affirmé Joseph.

— Est-ce que les restes des corps ont été récupérés et identifiés, a demandé Joseph ?

— Non, hélas, la police Allemande ne l'a pas autorisé.

— Monsieur, nous sommes sincèrement désolés de vous apprendre cette mauvaise nouvelle.

— Nous compatissons à votre douleur ont dit les gendarmes avant de quitter la ferme.

Après Mathieu, c'est Jean, cette fois qui a perdu sa vie au service de la France. Francine, la fermière, entourée de ses deux filles, Marie et Benoîte sont arrivées en courant vers Joseph qui avait reçu les 2 gendarmes, craignant de mauvaises nouvelles. Joseph, en pleurant, a répété ce que les gendarmes lui avaient annoncé, ce qui était arrivé à Jean et à ses camarades en fuite, entre la frontière Allemande et Française. Les sanglots et la colère des femmes ne tardèrent pas à arriver.

— La France, nous a pris nos deux fils s'est écriée Francine.

— Qui va reprendre la ferme après nous, se sont interrogés les fermiers ? Nous comptions sur eux deux, la relève.

Tous constatent que les gendarmes ne vont pas, de gaîté de cœur, annoncer de telles nouvelles dans les familles. Ils sont repartis, tout en essayant de consoler un peu, du mieux possible, le fermier.

« **Voilà la ferme sans hommes s'est écriée Francine** en pleurs ».

À la ferme, tous sont rassemblés pour le repas de midi. C'est la stupeur, la très grande tristesse, les pleurs. Personne n'a dit un mot durant tout le repas, pas même Léontine, la grand-mère de Jean. Avant que chacun reparte à ses occupations, Joseph, le fermier, le chef de famille, s'est ressaisi et a dit avec courage :

« Nos deux fils sont morts pour la France. Nous n'allons pas pleurer durant des jours et nous laisser abattre. La vie doit continuer malgré tout. Mais avec courage, nous allons faire face à cette épreuve. Les travaux de la ferme attendent. On ne va pas se laisser démoraliser. Léontine, va aller voir le curé pour donner deux messes dimanche, pour nos deux fils décédés. Dimanche, on ira tous à la messe pour prier pour eux ».

Joseph avait un caractère dur comme son père Louis. Il a encouragé tous les membres de la famille à reprendre le travail courageusement, sans sombrer dans les pleurs prolongés et la tristesse extérieure excessive. Toute la semaine, il a régné pour chacun une atmosphère de recueillement.

À la messe du dimanche, le curé a rappelé le décès de Jean. Il a souhaité à tous les membres de la famille très éprouvée, force et courage, suite à trois décès, ceux du grand-père et des deux fils. À toutes les familles, il a dit de garder espoir pour le retour des hommes mobilisés. Les travaux de la ferme ont tout de même repris. Les foins, comme les moissons ont pris du retard.

N'ayant pas pu avoir la dépouille du corps de Jean, il n'y a pas eu de funérailles, mais une simple célébration à la fin de la messe. Dans le village, chez plusieurs familles il y a eu des blessés et des morts au front. Beaucoup d'entre elles attendaient avec impatience le retour des prisonniers. En septembre, après 5 années de guerre, chacun a souhaité une fin rapide de la guerre.

À l'automne 1944, toutes les familles redoutent de passer un cinquième hiver avec la guerre, les restrictions, les hommes au front. Léontine, étant très croyante et pratiquante, fait chaque jour des prières pour demander la fin de la guerre et le retour des prisonniers. En deux ans, la grand-mère a perdu son mari et ses deux petits-fils.

Cet hiver 1944 a été l'un des plus froids de la guerre. Joseph, le fermier, comptait sur au moins un fils pour reprendre la ferme familiale. À l'âge de 55 ans, il projetait de travailler encore une dizaine d'années. Mais, sans fils vivants, cela lui pose de sérieux problèmes. Il espère, après la guerre, trouver un valet de ferme pour l'aider. Mais, dans plusieurs familles du village, des jeunes hommes ne reviendront pas, laissant leur vie pour sauver la France. Ceux qui reviendront, une fois démobilisés, dans quel état seront-ils ? Il échafaude des plans dans sa tête. Il se dit que s'il n'y a pas de relève, il diminuera le bétail, au pire, il vendra sa ferme.

D'autre part, les deux filles, Marie et Benoîte, âgées de 27 et 29 ans, aimeraient bien faire leur vie, se marier. Elles espéraient que leurs deux frères, Jean et Mathieu reprendraient la ferme des parents. Le décès des deux garçons les attriste et les inquiète beaucoup sur leur avenir.

Au village, l'hiver est bien installé avec la neige et le froid. La ferme vit de nouveau au ralenti avec l'hiver et la guerre qui dure depuis 5 ans. Tous espèrent la fin de la guerre.

Des bruits circulent qu'avant l'été 1945, les Allemands pourraient capituler et signer un armistice. Cela alimente les commentaires et nourrit un immense espoir chez tous les habitants. Au début du mois d'avril, le village sort de sa torpeur hivernale. Le printemps est déjà arrivé. À la ferme, les clôtures ont été réparées durant l'hiver. Les vaches vont pouvoir retourner au pré.

Chapitre 11

La France libérée

De bonnes nouvelles arrivent au village. Un soldat Français en Allemagne écrit à sa famille :

« Bien chers tous, ce dimanche 29 avril 1945, nous avons aperçu avec stupeur et un grand bonheur, un char américain qui est entré avec fierté dans les baraques de notre Stalag pour nous libérer.

Nous n'en avons pas cru nos yeux. On commençait à perdre courage après des années de dures conditions de vie : travail dur et nourriture insuffisante…

Les soldats américains nous ont donné des sucreries, du chocolat… »

La presse indique que la capitale de l'Allemagne Nazie, écrasée sous les bombes et attaquée de partout, est investie le 30 avril 1945 par les troupes Soviétiques. Ce même jour, le très célèbre Hitler, réfugié dans son bunker, se donne la mort. Le 7 mai, à 2 h 45, au quartier général du SHAEF à Reims, le colonel général Alfred JODL signe un acte de capitulation, de reddition des forces des armées Allemandes. Chacun est suspendu aux nouvelles à la radio. Le 8 mai 1945, le Général de Gaulle, annonce officiellement aux Français, la fin de la Deuxième Guerre mondiale. Les combats doivent s'arrêter le 8 mai 1945 à 23 h 01. Le 9 mai, à 0 h 16, la capitulation est signée à Berlin, sans condition avec l'Allemagne Nazie. Elle met fin à une guerre de près de 6 ans en Europe.

Le 8 mai 1945, les cloches de l'église du village, comme

dans toutes les Églises de France, ont sonné longuement pour annoncer officiellement la fin de la guerre. Les 8 et 9 mai sont déclarés jours fériés. On assiste alors à des scènes de liesse grandioses. La foule envahit les rues en chantant la Marseillaise et des chants patriotiques. Les premiers prisonniers arrivent au village en ce mois de mai 1945. C'est l'euphorie partout.

Certains ont pris le train en Allemagne (prisonniers, STO…) pour arriver à Paris en passant par Mayence et Metz. Le voyage a duré 4 ou 5 jours. Ils sont alors dirigés vers le centre de démobilisation le 16 mai à Angers. Certains y resteront jusqu'en juillet. À leur arrivée, les familles et les proches ont de la difficulté à les reconnaître, tellement ils sont amaigris. Ils ont enduré d'énormes privations. D'autres familles pleurent leur fils, leur mari, leur père, mort au front. À la ferme, voir les fils des voisins revenir a été très douloureux. Ils n'ont pas pu s'empêcher de penser à Jean et à Mathieu décédés.

Les pères découvrent leurs enfants qui ont beaucoup changé. D'autre part, se réhabituer avec le conjoint ne va pas être facile. Les privations ont abîmé la santé des prisonniers à cause du manque de nourriture, de soins... Les revenants souffrent aussi d'avoir une mauvaise image, celle d'un captif. Ils sont déçus. Ils constatent de l'indifférence, de l'impatience même, pour recevoir les papiers administratifs pour être démobilisés.

— Je suis déçu, écœuré même, dit un soldat à son retour. Je constate la mentalité actuelle des gens. Chacun ne pense plus qu'à soi. Depuis mon retour, je ne fais que courir de tous les côtés, renvoyé de bureau en bureau. Je suis toujours accueilli de façon décevante.

Les retrouvailles avec les prisonniers sont souvent difficiles. Il faut réapprendre à vivre. Certains même vivent de vrais drames, avec une séparation définitive d'avec leur femme, leur fiancé. Durant leur captivité les prisonniers ont été privés de leur famille. Ils ont peu parlé de leur vie sur le front, de leurs privations, de leurs douleurs. Ils ont peur parfois qu'on ne les croie pas.

Le printemps et l'été 1945 ont vu le difficile retour des prisonniers. Ces derniers sont plus ou moins bien accueillis. Les SS ont abandonné les miradors des camps. Les gares connaissent une forte affluence, avec surtout des prisonniers. 173 centres d'accueil sont créés en France, dont un à Saint Étienne, pour trier les soldats qui arrivent.

Ces derniers passent au bloc médical. Ils reçoivent une prime de 1000 francs, un colis alimentaire, des habits civils, des bons de transport... Les soldats avaient rêvé d'un meilleur retour de captivité.

L'un d'eux dit : « J'ai su que jamais on ne pourrait nous comprendre ».

Un autre écrit : « J'étais seul, sans famille, j'ai trouvé du travail, mais mon salaire me permettait tout juste de me nourrir. Durant l'été 1945, j'ai même dormi sous les ponts ». Il en venait même à regretter la vie en Allemagne dans une ferme. Il avait une chambre, du travail, un fermier sympathique et compréhensible.

Le nombre de divorces a plus que doublé de 1938 à 1946. Cette deuxième guerre mondiale est parlante au niveau des chiffres. Sur 1 845 000 prisonniers Français, entre 1939 et 1945, 210 000 prisonniers restent sur le sol Allemand en 1942. Dans des camps spéciaux, ils sont des travailleurs sous-payés. Ils gagnent environ 10 francs par jour au lieu de 10 francs de l'heure. D'autres Français sont dans le STO (service de travail obligatoire). Ils sont répartis dans des usines, des mines, des forêts, des constructions, comme le mur de l'atlantique…

Entre juin 1940 et novembre 1942, près de 80 000 prisonniers se sont évadés. D'autres, plus de 300 000 sont rapatriés en France : blessés… De 1940 à 1945, près de 51 000 prisonniers Français sont morts ou ont disparu durant leur captivité. Durant l'été 1945, la plupart des prisonniers Français reviennent. Pour beaucoup, le retour se passe dans l'indifférence, parfois même le mépris.

Ce qui est anormal et même intolérable, c'est que certains sont même accusés de s'être laissés capturer, plutôt que de mourir pour leur pays. Cependant, il ne faut pas oublier qu'en novembre 1945, il reste toujours des prisonniers Allemands en France. On les fait travailler dur. Par exemple, ils ont participé à la construction du Pont Marteau à Sainte-Colombe sur Gand, dans le département de la Loire. On en trouve aussi travaillant dans des fermes ou dans différents travaux.

Pour clore cette page d'histoire de plus 5 ans, en France, on ne peut pas oublier les déportés dans les camps de concentration de 1939 à 1945, à Mauthausen, Buchenvald, Ravensbruck... Les déportés en bonne santé : enfants, adolescents, hommes vont au travail. Des femmes sont réservées pour les SS. Les déportés qui ne peuvent pas être utilisés comme les handicapés, les vieillards, sont exécutés.

Dans le Forez et l'agglomération de Saint Étienne, il y a 8 000 soldats Allemands. Ils occupent 19 communes de la Loire : 10 dans la vallée du Gier, 6 dans le Forez et Montbrison, 3 dans les communes rurales des environs de Saint Étienne. La Gestapo Allemande, fin février 1943, s'installe à Saint Étienne. En mars 1945, elle s'installe à Montbrison. Le 10 mars 1944, la ville de Saint Étienne est bombardée par les Allemands : la ligne ferroviaire, la gare de Chateaucreux. Les quartiers proches sont détruits. Trois écoles sont détruites. 30 enfants de l'école de Tardy sont tués avec leurs maîtres. 30 mineurs en convalescence dans l'hôpital sont ensevelis avec le personnel médical.

La guerre de 1939-1945 a fait dans le département de la Loire : 1084 morts, 2000 blessés et 1500 sinistrés.

C'est la fin de l'été 1945 dans le gros village du haut Forez. Sur 150 hommes mobilisés en septembre 1939, seulement 113 sont revenus. 37 ont été tués ou ont disparu. Tous les villages ont payé un lourd tribut à la France.

À la ferme, 3 hommes sont décédés : Louis, le grand-père, durant l'hiver 1944, les deux fils du fermier, Mathieu en septembre 1942 et Jean en juillet 1944. À la fin de la guerre, il reste à la ferme : la grand-mère Léontine (ancienne fermière), les fermiers Joseph et Francine et leurs deux filles, Marie et Benoîte. La grande question qui se pose est le devenir de la ferme.

Les soldats Allemands se retirent peu à peu. D'autres prisonniers Allemands sont libérés un peu plus tard. Les derniers partiront seulement en 1948.

Joseph aurait bien désiré augmenter le nombre de ses vaches laitières et moderniser la ferme.

Mais, vu le manque de bras d’homme, il n’en est pas question. Il aurait bien voulu embaucher un valet de ferme, mais beaucoup ont été blessés ou tués durant les 5 années de guerre.

Chapitre 12

Deux soldats mystérieux

À quelques centaines de mètres de la ferme, une grande bâtisse, un ancien corps de ferme est en ruine depuis de nombreuses années. Le propriétaire et sa femme sans héritiers sont décédés depuis de longues années. Le toit de la grange est un peu écroulé. Celui de la maison d'habitation est encore debout, mais peut-être pas pour longtemps.

Depuis quelques jours, le fermier est très surpris de voir sortir de la cheminée de cette ruine de la fumée. Il observe deux hommes qui s'y rendent le soir. La journée, ils y cachent de la nourriture, des branches mortes de bois pour faire du feu. Entre eux, ils ne parlent pas bien le français, mais l'Allemand. Ils ne semblent pas vouloir repartir dans leur pays. Mais, pour rester en France, il leur faut du travail et de la nourriture. Un jour, le fermier a réussi à les rencontrer. Ils semblent bien vouloir rester sur place.

L'un des deux semble connaître quelques mots de français. Cela facilite le dialogue avec Joseph. Il arrive à comprendre que ce sont deux soldats Allemands. Ils disent aimer la France et vouloir y rester. Pour l'instant, ils se cachent dans cette maison en ruine. Le fermier se lie un peu d'amitié avec eux, mais avec prudence. Pour rester en France, ils doivent trouver des habits civils. Joseph leur propose des habits, ceux de ses deux fils décédés.

Manquant de bras, le fermier se dit que c'est une aubaine que ces deux hommes tombés du ciel. Après un grand moment, Joseph apprend que l'un d'eux s'appelle Furth et qu'il a 25 ans. Il connaît quelques mots de français et a l'air assez sympathique. Quant à l'autre, plus austère et plus réservé, il se nomme Willy. Il est âgé de 27 ans. Le fermier arrive à comprendre qu'en Allemagne, ils étaient tous deux valets dans une ferme. Il semble qu'ils n'appréciaient pas leur patron. C'est pour cela qu'ils ont décidé de ne pas revenir en Allemagne.

En cette fin d'été 1945, ces deux Allemands vivent de ce qu'ils trouvent dans les champs : maïs en grain, pommes de terre, fruits... Dans les bois, ils ramassent des brindilles sèches et des branches mortes plus grosses. Le fermier leur a prêté une casserole pour faire chauffer de l'eau, constatant qu'ils vivaient dans la misère dans la ferme en ruine. Il a vu dans la cheminée encrassée, des branches pour faire cuire leur maigre nourriture, dans ce qui était une cuisine. Dans la même pièce deux paillasses posées sur le sol en terre battue, servent de lit. Dans une vieille bouilloire, de l'eau bout, peut-être pour faire la soupe. Il leur dit :

— Vous ne pourrez pas passer l'hiver dans cette ferme en partie écroulée, avec le froid vif de l'hiver et le manque de nourriture.

Cependant, il est intrigué par un trou fraîchement creusé, dans un coin de la cuisine, comme s'ils avaient caché quelque chose d'important. Mais Joseph n'a fait pas cas de ce trou bouché avec des fougères sèches. Il a jugé plus important de parler de leurs conditions de vie, plus que précaires.

— Comment allez-vous subsister dans de telles conditions, leur a demandé Joseph ?

— Nous ne savons pas, ont-ils répondu.

En s'adressant à Furth plus à l'aise que son compagnon, il lui a dit :

— Vous vivez dans la misère à tous les niveaux : nourriture, logement, hygiène, habits... Vous n'allez pas passer l'hiver dans de telles conditions. Je suis le propriétaire de la ferme voisine. J'en ai parlé avec ma femme. On pourrait éventuellement vous loger et vous nourrir en échange d'un peu de travail à notre ferme. Nos deux fils sont morts et leurs chambres sont vides. Furth a répondu :

— On ne veut pas vous gêner. On couchera dans le foin de la grange et on se contentera d'une bonne soupe avec du pain trempé dedans. Je vais réfléchir avec mon compagnon Willy à votre offre d'hospitalité. On pourra vous donner un coup de main à la ferme, car en Allemagne on travaillait déjà dans une ferme. Mais le fermier était trop sévère pour nous. On travaillait beaucoup et on était très mal payé.

Joseph leur a dit :

— Il y a autre chose à régler. Vous deviez revenir en Allemagne une fois la guerre terminée. Vous êtes donc tous deux déserteurs de l'armée Allemande. Légalement, je devrais vous dénoncer. Vous risquez une lourde sanction militaire. Étant conseiller municipal du village, je vais en parler au Maire. Il essaiera peut-être d'éviter de vous dénoncer, car on manque de bras d'hommes au village après les tués de la guerre.

Willy, lui, ne semblait pas trop content de quitter la ruine qu'il occupait avec son compagnon depuis le début du mois de mai 1945. Pourquoi était-il hésitant. Est-ce qu'il y avait un secret entre eux. Joseph et sa femme ont pris pitié de ces deux hommes.

— Je pense que Furth, lui est décidé, a affirmé le fermier. Je lui propose de venir seul chez nous à la ferme. Quant à son compagnon Willy, on verra plus tard ce qu'il veut faire.

Willy ne parlait pas un mot de Français et semblait avoir un caractère pas aussi facile que son compagnon Furth. Ce dernier a accepté de faire un essai à la ferme à partir du 1er octobre 1945.

— Je suis d'accord pour essayer à la ferme a dit Furth, en étant seulement logé et nourri au départ.

Quant à son compagnon, en attendant, il resta dans sa ruine. Furth s'est assez vite habitué aux travaux de la ferme. Il faut dire qu'à cette saison de l'automne les travaux des champs étaient plus calmes. Au moins, il pouvait manger à sa faim et dormir sur un bon lit, celui d'un des deux fils disparus. Il avait un caractère doux et facile. Le fermier a tout de suite compris que le travail à la ferme ne faisait pas peur à Furth. Il voyait le travail qu'il y avait à faire.

Joseph et sa femme l'ont observé durant quelques jours. Ils se sont dit que Furth serait très utile à la ferme. S'il faisait l'affaire, le fermier pourrait élever des veaux pour augmenter le nombre des vaches laitières. Si cela marchait bien, il pourrait, dans quelques années acheter un tracteur. Il avait vu des tracteurs, dans la plaine du Forez, dans une ferme des environs de Montrond les bains. Mais, déjà à cette époque, cela valait une fortune. Il faudrait se grouper avec plusieurs fermiers pour en acquérir un. Cette machine faisait très envie à Joseph. Mais après réflexion, Joseph s'est dit :

— Pour l'instant, je me contenterai encore de ma paire de bœufs et du cheval encore quelques années. Vers 1950, si la ferme prospère on verra.

Les autres fermiers du village, habitués à leur système de fonctionnement n'étaient pas encore prêts pour le tracteur.

Au mois de septembre 1945, les conséquences de la guerre étaient encore nombreuses : privations, baisse du nombre de bêtes, moins de terres cultivées, mais plus de prés. Les gros travaux étant achevés de l'été, le fermier était heureux d'avoir un valet. Furth a essayé de labourer avec la paire de bœufs, deux prés, pour les ensemencer en blé pour la saison prochaine.

Après les 6 années de guerre, les fermes, malgré les hommes en moins, essaient de revivre petit à petit. Quant à Willy, il squatte toujours la ferme en ruine. Furth va le voir de temps en temps et lui apporte un peu de nourriture. Mais, son compagnon est toujours sournois, mystérieux, au regard fugitif. Il semble vouloir rester dans ce taudis pour surveiller sa cachette. Mais que contenait sa fameuse cachette. Il semblait y être très attaché.

Les deux filles, Marie et Benoîte ont près de 30 ans, elles sortent peu. Avec la guerre, les bals avaient presque disparu. Un seul fonctionnait encore de temps en temps à Montbrison. Celui du village allait-il reprendre avec les fêtes de fin d'année, pour le plus grand bonheur des jeunes.

Un soir, après souper, à la veillée, Marie et Benoîte ont dit :

— Nous deux, on va bientôt avoir 30 ans. On aimerait bien se marier et partir de la maison.

Joseph et sa femme Francine ont répondu :

— Oui, ce serait normal à votre âge. Si on garde Furth à la ferme, vous serez plus libres.

Aussi les deux filles s'interrogent :

— Papa, tu vas avoir bientôt 56 ans. Cela fait longtemps que tu travailles à la ferme. Qui va reprendre la ferme après toi lorsque tu vas te retirer ?

— Je ne sais pas, a répondu Joseph. Pour l'instant on reste comme cela. On va y réfléchir avec Francine durant cet hiver. Si Furth reste à la ferme, on pourrait avoir plus de vaches. Le tracteur reste toujours en projet. On les a vus en activité dans la plaine, ce sont des machines formidables. On pourrait en acquérir un à plusieurs fermes.

En attendant, les deux filles sortent un peu plus aux bals, qui peu à peu reviennent dans les villages environnants. Les femmes de la ferme, tout comme le fermier, sont satisfaits de Furth, le valet. Tous, disent qu'il est consciencieux, soigneux... Joseph peut lui confier n'importe quoi à faire, il le fait bien. Il voit le travail qui doit être fait, il n'attend pas d'être commandé.

Marie, semble plaire à Furth. De temps en temps, ils se mettent à côté à table. Leurs regards semblent montrer que tous les deux ils s'apprécient. C'est vrai que le valet parle de mieux en mieux le français, tout en gardant un accent germanique. Il va consacrer l'hiver à mieux se perfectionner dans la langue française.

L'automne 1945 touche à sa fin. Déjà les premières gelées blanches sont arrivées début novembre. À la ferme, il y a moins de travail à l'extérieur. Cependant, il faut bien nettoyer l'écurie, enlever le fumier, mettre une litière propre avec de la paille, donner du foin aux vaches directement par les trous situés dans la grange.

À cette époque, il n'y a pas encore d'élévateur de fumier. Les bottes de foin et de paille sont rectangulaires et beaucoup moins lourdes que les grosses bottes rondes d'aujourd'hui. La traite des 12 vaches à la main, deux fois par jour, donner le biberon aux veaux, cela prend pas mal de temps. À trois : Joseph, Francine et Furth, cela va plus vite. Quant à Léontine, la grand-mère âgée de 82 ans, elle est encore assez alerte.

Le soir, à la veillée au coin du feu, elle raconte à ses petites-filles, au valet, la vie dure qu'elle a eue, le manque de confort, le dur travail avec Louis son mari. Furth qui comprend de mieux en mieux le Français semble lui aussi intéressé. Il parle de la ferme où il travaillait en Allemagne. Le fermier n'était pas du tout sympathique et même assez dur avec ses valets. Il trouvait qu'il travaillait trop lentement. Durant la journée, il ne lui laissait pas une minute de répit. Il préférait la France et la ferme de Joseph et Francine. Les fermiers étaient très satisfaits de son travail.

C'est vrai qu'il ne travaillait pas très rapidement. Cependant, le fermier n'a pas besoin de passer après lui pour contrôler et refaire le travail. Furth est à la ferme depuis plusieurs semaines. Il fait presque partie de la famille. Il est logé, nourri et habillé. En attendant, il porte les habits d'un des deux fils décédés. Joseph lui donne un peu d'argent de poche pour qu'il puisse sortir et s'acheter du linge... Lorsqu'un marchand de bestiaux vient parfois acheter un veau à la ferme, Furth a toujours un peu d'argent en plus.

Les fermiers, s'ils gardent leur valet, ils pensent lui donner un peu plus d'argent tous les mois. Furth avait appris à jouer de l'accordéon en Allemagne, lorsqu'il était adolescent. Entre ses mains, l'accordéon du grand-père Louis, décédé, reprend vie grâce à lui.

Le soir, à la veillée ou le dimanche. Furth distrait toute la maisonnée. Même des voisins viennent parfois écouter l'accordéon. Même si les airs ne sont pas très connus, ils apprécient quand même. De plus, le valet chante également. Il commence à apprendre à chanter et jouer des airs français, guidé par Francine qui a une très belle voix. D'ailleurs, cette dernière fait partie de la chorale de la paroisse depuis de très nombreuses années.

Comme au temps de Louis, la ferme et ses habitants retrouvent le son de l'accordéon. Le grand-père Louis avait appris à jouer de cet instrument grâce à son père qui en jouait parfois dans les bals. Furth fait beaucoup de progrès en français et commence à connaître des airs français très connus. Son accent germanique apporte un plus à son chant qu'il accompagne à l'accordéon.

Avec l'hiver, il n'y a pas de travaux dehors. Furth en profite pour apprendre des chants et les accompagner à l'accordéon, durant ses moments libres. L'hiver a été assez long. À la fin du mois de mars 1946, Furth a fait de réels progrès. Son répertoire de chant augmente au fil des semaines.

Durant l'hiver, deux veaux sont nés. Furth s'en occupe à merveille. D'ici l'été, ils pourront aller au pré brouter l'herbe. Avec l'arrivée du printemps, après un hiver froid avec plusieurs épisodes neigeux, la ferme commence à se réveiller tout doucement.

Après avoir été demandée plusieurs mois auparavant, la naturalisation de Furth a été enfin acceptée. Elle sera effective à compter de juillet 1946. Le fermier ainsi que le maire du village ont insisté pour que cette naturalisation soit acceptée. De nombreux jeunes de la commune étant morts pour la France, des bras en plus seraient les bienvenus. Par la suite, Furth demanderait peut-être de changer de nom et de prénom.

Avec l'arrivée du mois de mai, les vaches sont retournées au pré manger l'herbe tendre. Les travaux de l'extérieur vont bientôt débuter. Le dimanche, les deux filles et même parfois Furth vont au bal. Ce dernier commence à jouer en public, pour le plus grand plaisir des danseurs et danseuses du village.

Léontine, la grand-mère, a eu une méchante grippe durant l'hiver, avec une très forte température qui l'a cloué au lit plusieurs jours. Il faut dire que sa chambre n'était pas bien chauffée, selon sa volonté. Le médecin la fait hospitaliser à l'hôpital de Montbrison. Elle ne s'habitue pas trop à la vie collective. Une nuit, elle tombe de son lit et se fait une fracture du col du fémur. Du coup, elle ne marche plus du tout. On la déplace alors en fauteuil roulant. Peu à peu, son état ne cesse de se dégrader. Ne voulant plus vivre, elle répète parfois :

— Je voudrais bien, avant de partir, qu'au moins une de mes petites-filles se marie.

La plus jeune des filles, Marie, fréquente bien les bals du village, mais elle ne trouve personne à son goût. Celui qu'elle préfère Francis, est mort à la guerre. Par contre, elle admire Furth. Ce dernier la regarde souvent. Marie en fait de même. Mais l'amitié entre les deux peut-elle se transformer en amour ?

Quant à Willy, il squatte toujours la ferme en ruine. Son camarade Furth lui porte parfois à manger. Le fermier ne peut pas prendre également Willy à la ferme. Il n'y a pas assez de travail. Ce dernier reste toujours mystérieux. Il n'a pas le caractère bon et facile de Furth. Marie plaît de plus en plus à Furth. Mais, cela va-t-il déboucher sur du concret ?

En attendant, les deux filles et Furth vont régulièrement en ville à Montbrison. La ferme est égayée avec le son de l'accordéon. Le soleil d'avril n'est pas encore très chaud, mais il brille.

Léontine, la grand-mère à l'hôpital, semble en avoir pris son parti et elle s'habitue tant bien que mal. Avec l'aide du personnel soignant, elle a même laissé le fauteuil roulant pour marcher avec l'aide d'un déambulateur.

Joseph, le fermier a dit :

— Je suis content d'avoir trouvé un bon valet, en la personne de Furth, pourvu qu'il reste chez nous. Je vais commencer à le payer un peu.

Les vaches en ce mois de mai sont sorties de l'étable pour apprécier l'herbe des prés après avoir mangé du foin tout l'hiver. Les deux veaux étant sevrés sont sortis également au pré avec les vaches laitières. La ferme de Joseph est la plus grosse du village.

Furth continue tout comme Benoîte et Marie de fréquenter le bal et d'y jouer parfois de l'accordéon pour accompagner les danseurs. Le valet semble ne regarder que Marie. Les deux « tourtereaux » s'apprécient et semblent se plaire de plus en plus. On les trouve souvent ensemble.

À cette époque, les mariages se faisaient à la maison des

parents de la fille. Si la salle à manger était trop petite, on mettait des tables dehors. Furth était parfois demandé pour jouer de l'accordéon durant les repas de mariage. Ces derniers se poursuivaient souvent toute la nuit, jusqu'au petit matin.

Joseph se dit au fond de lui :

— Je pense que Marie sera la première à se marier. Je suis persuadé que Marie et Furth feraient un beau couple. Mais le problème est que je perdrais, en même temps, mon valet et ma fille. Furth voudrait probablement créer sa propre ferme. Si ce dernier devenait mon gendre, accepterait-il de continuer à travailler chez nous et de partir le soir rejoindre Marie à sa maison ?

Cela le tracassait pas mal. Quant à Francine, la fermière, elle disait :

— J'aimerais mieux que Furth épouse une autre fille du village.

Quant à Furth, il ne savait trop quoi penser. Il se sentait bien avec Marie et disait parfois :

— Marie et moi, on ferait un beau couple.

À la ferme, tous constataient que Marie et Furth commençaient bien à s'aimer. Mais qu'en pensait Marie :

— Moi et Furth on pourrait monter une ferme à nous deux.

Tout résidait dans les souhaits des deux. Furth a reçu ses papiers de naturalisation, il est maintenant Français à part entière. Il partage un peu les désirs de Marie. Cela fait 8 mois qu'il a débuté le travail à la ferme de Joseph.

Quant à Willy, pendant ce temps, il a un peu aménagé la ferme en ruine qu'il squatte. Joseph se demande comment il fait pour survivre sans travailler. Heureusement pour lui, personne n'a revendiqué la propriété de ces bâtiments. Les anciens fermiers sont décédés depuis très longtemps sans laisser de descendance. Joseph a quand même accepté de donner un peu de ciment à Willy, pour qu'il transforme un peu un bâtiment avec des pierres des murs écroulés. La maison d'habitation, quant à elle, est relativement bien conservée : toiture et murs…

Les parents de Willy, en Allemagne, bien avant la guerre, l'avaient pratiquement mis à la porte. Il n'a jamais raconté à son camarade Furth, la cause du rejet de la maison de la part de ses parents. Cependant, il lui avait dit qu'il continuait à avoir des nouvelles de sa famille par son frère, plus jeune que lui.

Willy, après avoir été mis à la porte par ses parents, avait trouvé du travail dans une ferme voisine. Mais, les fermiers étaient très durs et très exigeants avec lui. Ils étaient près à le mettre à la porte pour vol, juste avant qu'il soit mobilisé pour partir à la guerre en septembre 1939. Cela n'est pas étonnant qu'il ne veuille plus revenir en Allemagne. Mais, resté en France, Willy gardera toujours ce vilain défaut. D'ailleurs, il le développera même à grande échelle.

Resté en France depuis plus d'un an, il n'a pas fait d'efforts, contrairement à son camarade Furth, pour apprendre le Français. Sauvage, renfermé, égoïste... il n'essaie même pas de s'intégrer à la vie à la campagne en France. Il se cache dans cette ferme en ruine où il a enterré son secret.

À la ferme de Joseph et Francine, avec la venue de l'été 1946, Furth fait déjà un peu partie de la famille. Avec son bon caractère, sa bonté, son sourire, sa bonne humeur, sa gentillesse... il ne peut qu'attirer la sympathie des habitants du village et de ses patrons. Il est de toutes les fêtes du village avec son accordéon et ses chants avec son accent germanique. Tous l'ont adopté. C'est assez souvent qu'il anime le bal du dimanche. Marie, sa grande admiratrice y est également. Quand ses camarades le relaient à l'accordéon, elle danse avec lui.

Sa sœur Benoîte, danse également, mais, elle n'a pas encore trouvé un homme à son goût. Cela arrivera bien un jour, se dit-elle. Elle est un peu jalouse du succès de sa sœur Marie avec Furth. Marie, à la ferme, elle est témoin des gestes de tendresse, des regards qui en disent long entre les deux « tourtereaux ». Benoîte espère toujours qu'un jour aussi l'amour viendra pour elle. Elle ne se voit pas vieille fille, à la ferme, avec des parents retraités, âgés. Elle se demande également qui va reprendre la ferme de ses parents, ses deux frères étant décédés.

Cela la motive, pour rencontrer le plus grand nombre possible de jeunes gens au bal du village ou de la ville. Elle se dit qu'un jour ou l'autre, elle sera remarquée désirée aimée... Ce qui l'embête un peu, c'est que si sa sœur se mariait avec Furth, elle serait la dernière fille à la ferme. Aussi, entre les deux sœurs, c'est un peu la concurrence pour savoir qui partira la première de la ferme. Benoîte est un peu jalouse de Marie qui commence à vivre une belle histoire d'amour avec Furth.

Cependant, elle n'irait peut-être pas jusqu'à faire brouiller sa sœur Marie avec Furth pour qu'elle ne parte pas de la maison la première. Cela dit, les deux sœurs aspirent au bonheur. En attendant, le fermier se réjouit d'avoir le valet idéal en la personne de Furth qui est bon, gai et travailleur. Il est bien conscient des sentiments de sa fille pour son valet. Il pense que leur projet aboutira, d'ici quelques mois, par un mariage.

Marie et Furth pensent se fiancer avant l'hiver. Ils en ont parlé à Joseph et Francine. Un soir, à la veillée, Furth et Marie ont dit :

— Furth et moi, on s'apprécie depuis plusieurs mois. Pour moi, Furth est plus qu'un ami. L'amitié entre nous est en train de se transformer en une vraie attirance. On pense nous unir officiellement dans quelques mois par le mariage.

Les fermiers ont répondu :

— Oui, on est d'accord, mais il faut encore réfléchir durant encore quelques mois afin de ne pas vous engager à la légère.

À cette époque, le mariage avait encore plus de sens qu'aujourd'hui, où beaucoup de couples divorcent, pour faire ensuite une famille recomposée. Dans cette famille de catholiques pratiquants, on aime faire la fête avec les voisins, la famille comme pour le battage du blé…

Joseph a dit à Furth :

— Tu vas en profiter pour mieux apprendre le français. Cela t'aidera pour le chant et l'accordéon.

Furth aime beaucoup l'accordéon. Il s'y était initié, déjà en

Allemagne. Le fermier a poursuivi :

— Louis, mon père qui est décédé, jouait de l'accordéon pour les fêtes. Depuis, il est resté, dans son étui, au grenier. Si cela vous intéresse, je vous le donne. Furth a répondu :

— Je suis un peu gêné Joseph. Cet instrument de musique est un peu un bijou de famille.

— Mais, a répondu Joseph, vous faites déjà partie de la famille.

— Pas encore, a répondu Furth, mais dans un proche avenir probablement que oui.

Marie et Furth ont en projet deux dates. Ils en font part à Joseph et Francine au cours d'une veillée.

— Nous avons prévu deux dates importantes, qu'en pensez-vous ?

— Nous aimerions tout d'abord nous fiancer au cours d'un repas, après les gros travaux de l'été, comme le dimanche 29 septembre 1946. Ensuite, dans la foulée, nous aimerions nous marier le samedi 31 mai 1947, avant les gros travaux d'été.

Les deux fermiers ont semblé d'accord.

— On a un troisième projet à long terme, ont poursuivi Marie et Furth. On aimerait créer notre propre ferme au village ou à un village proche.

Les deux fermiers n'ont pas trouvé cela anormal. Mais, cela les a quand même rendus inquiets.

— Qui va alors m'aider à la ferme a dit Joseph en s'adressant à Furth ?

— On restera quand même encore quelques mois à la ferme, une fois mariés. On aura le temps de nous retourner.

— C'est normal, a répondu Francine. Vous voudrez, à votre tour, fonder une famille, avoir des enfants.

Furth a répondu au fermier Joseph :

— Tout en créant notre propre ferme, je pourrai venir vous aider quand même un peu.

Rassuré, Joseph a proposé à Furth et Marie :

— Moi et Francine, on pourrait vous aider à démarrer votre propre exploitation, en vous prêtant des prés, si vous trouvez une ferme pas trop loin de la nôtre. Cela vous laisse le temps de chercher une ferme dans le village. Plusieurs fermiers vont se retirer sans avoir de successeurs.

— Je peux vous proposer encore mieux. Je pourrais élever plusieurs veaux. Ils deviendraient les premières vaches de votre ferme. Qu'en pensez-vous les deux tourtereaux ?

Quant aux machines, je pourrais aussi vous les prêter. Car, acheter une ferme, cela est très cher, même si vous louez les prés.

— Vous nous gâtez trop ont répondu Furth et Marie. Ces derniers mettaient de l'argent de côté en vue de réaliser leurs projets.

Joseph et Francine ont répondu positivement à tous les projets de Marie et Furth. Joseph a conclu en disant :

— Les jeunes, on va fêter cela et boire à la réalisation de vos projets. Il nous reste encore deux bouteilles de mon père Louis.

Francine, la maîtresse de maison a conclu :

— Je vais m'occuper du repas de vos fiançailles, dimanche 29 septembre 1946. Pour votre mariage, Joseph et moi, on mettra aussi la main à la pâte et au porte-monnaie.

Marie a dit à ses parents :

— On est très croyants et pratiquants tous les deux. On aimerait que la bague de fiançailles soit bénie par le curé du village à la fin d'une messe d'un dimanche.

— Très bonne idée, ont répondu Joseph et sa femme.

Après toutes ces annonces à Joseph et Francine, Marie et Furth sont comblés de bonheur. C'est un avenir prometteur qui se profile pour eux deux, en ce printemps 1946.

Marie a déjà prévu de broder son trousseau. Après l'annonce de ses fiançailles, elle a été au grand marché de Montbrison pour acheter du tissu : toile à draps, éponge, mouchoirs... à broder. Il faut dire que Marie est assez habile de ses mains. Elle utilise la machine à coudre de sa maman. Elle tricote à merveille, les pulls, les chaussettes, les cache-nez, à l'exemple de sa mère.

Il règne à la ferme une grande sérénité, une jovialité même, suite à des fêtes prometteuses annoncées. Léontine a même proposé à Marie de lui offrir sa bague de fiançailles achetée par Louis, pour sa promesse avec Léontine. Aussi, c'est dans la gaieté que les travaux d'été 1946 : fenaisons, moissons, battage du blé... ont lieu.

Le stock des bottes de foin est presque épuisé. Les moissons ont donné beaucoup de blé et de la paille longue, bénéfique pour pailler l'écurie. Le battage du blé a duré toute une journée et s'est passé dans une très bonne ambiance. Le pâté aux pommes de la fermière était au rendez-vous, selon la tradition familiale.

Chapitre 13

Les fiançailles de Marie et Furth

L'automne est déjà arrivé, mais déjà en été, Francine, la maîtresse de maison a pensé aux fiançailles de sa fille. Selon la tradition, pour les fiançailles, c'était le père du jeune homme qui présentait sa demande de fiançailles aux parents de la jeune fille. Cette coutume n'est plus respectée sauf dans quelques grandes familles.

Les parents de Furth ne seront pas là pour la fête. Par contre, pour le mois de mai 1947, ils ont promis qu'ils viendraient pour le mariage de leur fils. La fermière a invité à la fête des fiançailles, à la ferme, la famille et les proches. Pour cette famille catholique très pratiquante, les fiançailles ont encore du sens. C'est un temps de discernement avant de s'engager dans le mariage. C'est aussi le début d'une réflexion vers l'engagement définitif. Marie a déjà demandé au curé du village de bénir la bague de fiançailles après la messe du dimanche 29 septembre 1946.

Le premier pas vers le mariage arrive petit à petit. On est au mois d'août, il fait très chaud. Francine a prévu un repas de fiançailles assez simple, avec des légumes et de la volaille de la ferme. Elle a commandé un magnifique gâteau à la pâtisserie du village. La plus grande table de la ferme a accueilli tous les invités : famille, amis, des voisins…

Marie, très habile avec la machine à coudre, s'est même confectionnée une belle robe bleue à demi-manches. De même, elle a tricoté une petite veste blanche en laine fine car en septembre il commence un peu à faire frais. De même, elle a aussi débuté la préparation de son trousseau en vue de son mariage.

La fête des fiançailles dimanche 29 septembre 1946 a été une journée très réussie. Le repas a été simple et très réussi, en particulier la pintade de la ferme. Sur le gâteau, deux figurines représentaient deux fiancés. La famille et les invités ont dansé au son de l'accordéon. Furth a joué à l'accordéon quelques airs du folklore germanique. Avant le gâteau, Furth a pris la bague, bénie le matin même à l'église et l'a passée à l'annulaire gauche de Marie. Cette bague offerte par Furth était sertie d'une pierre en améthyste.

Tous ont levé leur verre en l'honneur des nouveaux fiancés et se sont donné rendez-vous le 31 mai 1947 pour le jour du mariage. Dans certaines familles la bague de fiançailles peut être un bijou de famille (grands-parents) qui se transmet de génération en génération. Pour la réception de cette fête, on trouvait sur la table une grande nappe blanche brodée de dentelles. De même l'argenterie avait été ressortie tout comme les assiettes en porcelaine, les verres en cristal. Comme de coutume, le repas s'est achevé par le digestif qu'on prenait pour les grandes occasions, eau de vie pour les hommes et liqueur pour les femmes. La fête à la ferme a duré une bonne partie de l'après-midi. À la suite, la ferme a retrouvé son calme habituel.

L'automne a été très ensoleillé. L'hiver avec le froid est arrivé seulement fin décembre avec plusieurs épisodes neigeux. Le 20 décembre, il est tombé au moins 15 cm de neige et même plus dans le haut du village, à 900 m d'altitude. Mais, depuis fin novembre, les vaches laitières sont restées à l'étable. Heureusement que la récolte de foin avait été abondante, tout comme la paille mise en botte. Cela permettra de laisser les vaches à l'intérieur jusqu'au mois d'avril. Marie a mis à profit l'hiver pour continuer la préparation de son trousseau en vue de son mariage.

Dès la fin de décembre 1946, Marie et Furth ont envoyé des faires part de mariage aux amis, aux voisins les plus estimés, à la famille : frères et sœurs des fermiers, famille de Furth en Allemagne

: ses parents, son frère et sa sœur...

Dès que la neige a fini de fondre, fin mars, Marie et Furth se sont rendus chez les amis, le voisinage, la famille proche, les oncles et les tantes, pour porter des dragées mises dans des petits sacs. Cette tradition de porter des dragées ne vient pas de la religion catholique. Déjà, dans la Grèce antique, on trempait les amandes avant de les déguster. En France, dès le 16ème siècle, la dragée est très répandue. On l'utilise à l'occasion des fêtes familiales, civiles ou religieuses : naissance, première communion, mariage.

La dragée a un rôle très symbolique. C'est la garantie de l'amour éternel, de la fécondité, de la descendance pour les jeunes mariés. Déguster la dragée, c'est une manière de prolonger la fête. Marie a été seule à Montbrison, au début janvier, pour choisir sa robe. Personne ne doit voir la robe de la mariée avant le jour du mariage.

Les deux fiancés sont allés plusieurs fois voir le curé du village, pour la préparation au mariage. Quant à Furth, il est parti seul à Montbrison choisir un costume tout simple. En travaillant à la ferme, il avait mis un peu d'argent de côté. Joseph et Francine avaient déjà acheté des habits deux ou trois ans auparavant. Tous les habitants de la ferme étaient euphoriques dans la perspective du futur mariage.

Avec le début mai, les beaux jours sont arrivés. Plus de 50 personnes ont répondu favorablement à l'invitation au mariage. La fermière a déjà retenu 2 ou 3 femmes du village, bonnes cuisinières, pour venir préparer le repas, ainsi que 2 jeunes filles pour servir.

Chapitre 14

Mariage de Marie et Furth

Le 31 mai 1947, toute la famille s'est levée assez tôt pour le grand jour du mariage appelé aussi autrefois épousailles. Les parents de Furth sont arrivés la veille d'Allemagne avec leur fils et leur fille. Pour eux aussi, c'est le premier mariage de leurs enfants. La salle à manger de la ferme étant trop petite pour recevoir tous les invités, les fermiers ont mis de grands plateaux sur des tréteaux dans la grange bien rangée pour le repas de noces.

Dès l'aube du 31 mai, la ferme est en pleine effervescence. À la cuisine, plusieurs femmes s'affairent pour préparer un menu festif. Les hommes se sont occupés des bêtes de bonne heure. Tout le repas a été préparé à la ferme, à l'exception du gâteau (pièce montée) qui a été commandé la pâtisserie.

En début d'après-midi, la mariée a été préparée, dans une chambre à l'écart, par Francine, la maman de la mariée. Une calèche, tirée par 2 chevaux, est arrivée dans la cour de la ferme. L'attelage a été décoré avec soin. À 14 h, Marie et sa famille sont arrivées à la mairie, suivies de Furth et ses parents. Marie et Furth se sont installés devant, vers les deux fauteuils disposés devant la première rangée de chaises à côté du Maire. La mariée s'est assise à la gauche de Furth. Les deux témoins étaient près d'eux.

Au premier rang se sont installés les frères et sœurs, les parents et les grands-parents. Les invités se sont installés aux autres rangs. À l'arrivée du Maire, tous se sont levés. Ce dernier a adressé un mot d'accueil à tous et en particulier aux futurs mariés Marie et Furth. À la suite, il a lu l'article du Code civil indiquant les devoirs des deux époux. Lorsque le Maire a demandé les consentements de Marie et Furth, ces derniers ont répondu avec un oui ferme. Le Maire les a déclarés unis par le lien du mariage pour le meilleur et pour le pire.

Les mariés et leurs témoins ont signé le registre. Ensuite a lieu le mariage à l'église du village. Tous les participants se sont levés à l'entrée du cortège à l'église. Furth était au bras de sa maman et Marie au bras de son papa, suivis des enfants d'honneur qui tenaient la traîne de la mariée. Ils se sont avancés dans l'allée centrale de l'église.

Marie et Furth se sont assis sur des fauteuils disposés dans le chœur de l'église. Tous les invités n'ont eu d'yeux que pour Marie avec sa magnifique robe. Auparavant le prêtre a accueilli les futurs mariés à l'entrée de l'église. Il clôture le cortège. Durant la célébration, plusieurs lectures ont été faites, en rapport avec l'engagement des deux époux, l'alliance de Dieu avec son peuple. La chorale a interprété plusieurs chants. Le curé de la paroisse a fait un sermon sur l'engagement de Marie et Furth avec liens sacrés du mariage. Un enfant a apporté les deux alliances disposées sur un coussin. Le prêtre les a bénies.

Comme à la mairie, à l'église a eu lieu la cérémonie du consentement de Marie et Furth. « Je vous déclare unis par les liens sacrés du mariage », a conclu le prêtre. Auparavant, le marié a passé l'alliance au doigt de Marie. Cette dernière en a fait de même avec Furth. La chorale et toute l'assistance ont chanté le « Je vous salue Marie ». Ont suivies, les signatures du registre, par les mariés et les témoins. La sortie de l'église a été plus solennelle que celle de la mairie.

En premier lieu, sont sortis des enfants pour lancer des poignées de riz. Les mariés sont sortis les derniers suivis des enfants d'honneur, des parents des mariés, des grands-parents, des témoins, le la famille, des invités…

À la sortie de l'église, les mariés, après une pluie de riz, ont posé pour la traditionnelle photo.

Ils ont été photographiés seuls, puis avec la famille. Les agriculteurs du village avaient fait une haie d'honneur aux mariés. À cette époque, il régnait une grande solidarité entre les agriculteurs. Le riz jeté sur les mariés est un symbole très ancien de la prospérité et de la fertilité.

Les mariés, installés de nouveau dans la calèche décorée pour l'occasion, se sont rendus à la maison de la mariée où les invités les attendaient pour le repas de noces. La maison familiale bien que petite a pu accueillir tous les invités. Avant le repas, de nombreuses photos ont été prises dans un parc du village. Le bouquet de fleurs de la mariée a été choisi en accord avec la robe de la mariée. C'est la tradition de faire le repas de mariage dans la famille de la mariée.

Marie et Furth ont été les « héros » de la fête. Les invités ont surtout apporté des cadeaux à valeur symbolique, pour faciliter l'installation des nouveaux mariés. Les invités du village ont également apporté des cadeaux utiles comme un berceau, des casseroles… D'autres ont offert des cadeaux à manger, comme un jambon, du vin, un canard, une oie… Le parrain et la marraine ont fait des cadeaux plus importants, comme de la vaisselle : assiettes, soupière, grande bassine à confiture…

Durant le repas, deux accordéonistes sont venus aider à mettre de l'ambiance en jouant des airs connus de tous. Les invités ont chanté et même dansé. Les convives ont insisté pour que Furth, le marié, joue de l'accordéon à l'aide de son répertoire français et allemand.

Furth a bien été accepté par les fermiers, Joseph, Francine et toute la famille. Cela n'était pas évident, deux ans après la fin de la guerre, d'effacer les rivalités entre l'Allemagne Nazie et la France. Ils ont été les précurseurs des futurs jumelages entre les 2 pays, comme cela se pratique actuellement.

Les fermiers ont vite compris que Furth, ayant travaillé comme valet à la ferme, a de grandes qualités. Il est travailleur, honnête, poli… Les fermiers ont logé les parents de Furth à la ferme, quelques jours. Ils ont été enchantés de l'accueil qui leur a été réservé.

Le repas de noces a duré de longues heures, jusque tard dans la nuit. Tous les invités ont attendu avec impatience, le gâteau des mariés. C'est la partie la plus traditionnelle du repas de noces. C'est un grand pâtissier de Montbrison qui a fabriqué la pièce montée, décorée pour la circonstance avec des figurines représentant les deux mariés lâchant des colombes.

À la fin du repas a eu lieu la traditionnelle « jarretière » qui se perpétue encore de nos jours. Marie est montée sur une table. Sa jarretière a été mise aux enchères. Les hommes ont mis de l'argent pour que la robe remonte. Les femmes ont fait de même pour qu'elle redescende. Cette animation a duré de longues minutes. À la fin, l'homme qui a le mieux participé a remporté le droit de retirer la jarretière de la jambe de la mariée sans se servir des mains. Parfois, cela se fait avec les dents. Il y a d'autres versions, comme celle qui permet aux invités de ne pas dépenser de l'argent. C'est le lancer de la jarretière.

Il faisait déjà jour, le dimanche 1er juin 1947, quand les derniers invités sont partis. Les mariés sont partis avant, pour se retirer et se cacher dans une chambre d'une maison voisine et ainsi terminer leur nuit de noces. Toujours pour respecter la tradition, des jeunes invités se sont mis à la recherche des mariés pour leur apporter le « pot de chambre » appelé également « la gravirote ». Les mariés ont été enfin trouvés. Ils sont sortis du lit pour boire à même le pot une boisson chocolatée. C'est Marie qui a débuté, suivie de son mari et des invités présents.

Selon la tradition, le pot devait redonner vigueur aux mariés après leur nuit de noces. Il symbolisait à la fin des noces le changement de statut des nouveaux mariés. C'était en quelque sorte l'entrée dans le monde des adultes. Selon une autre origine, celle de l'Aveyron, le jour du mariage, les mariés se promenaient avec une charrette tirée par un âne. Ils tenaient le pot de chambre, tout en annonçant la cérémonie de mariage aux habitants du village. Le pot de chambre avait diverses contenances selon les régions et divers goûts : alcool, banane, chocolat…

Chapitre 15

La vie continue à la ferme

Avec le mariage de la première fille de la ferme, Marie avec Furth, c'est une nouvelle page qui se tourne. Les nouveaux mariés ont acheté, très peu cher, une ferme inexploitée et loué des terrains autour. Ils ont débuté la réparation de la maison d'habitation. Le toit et les murs sont apparemment en bon état. Aidés d'amis bons bricoleurs, ils ont refait l'électricité, les planchers, les peintures… Quant au chauffage, c'est encore l'époque du poêle à bois.

En attendant de terminer les réparations, les fermiers ont accepté que Marie et Furth logent encore chez eux à la ferme durant l'été et une partie de l'automne.

Durant l'été, Léontine, la grand-mère, née en 1863, devient de plus en plus faible à l'hôpital. Au début du mois d'août 1947, elle décède à l'âge de 84 ans. Les anciens fermiers Louis et Léontine sont très connus au village. L'église est bien trop petite pour contenir tous les participants à la messe d'enterrement. Le curé a rappelé dans son sermon, la vie laborieuse et courageuse de Léontine et de Louis parti avant elle. Il a rappelé également les épreuves de la famille actuelle des fermiers avec Joseph et Francine. Il a souligné que la vie est faite de joies et de peines. Il a dit :

— Il y a moins de trois mois, la famille était dans une grande joie avec le mariage de Marie et Furth.

Aujourd'hui, c'est dans la peine que nous allons conduire Léontine à sa dernière demeure. C'est ainsi dans la vie que se succèdent le bonheur, la joie et la tristesse.

Au printemps, Joseph a élevé plusieurs veaux pour débuter la future ferme de Marie et Furth. Les bêtes sont déjà au pré en ce début du mois de mai.

— Ce seront vos premières vaches a dit Joseph à Furth.

— Merci pour ce beau cadeau a répondu le gendre du fermier.

Joseph a interrogé Furth sur l'avancement des travaux de la nouvelle ferme des nouveaux mariés.

— Où en sont tes réparations ?

— Cela avance tout doucement a répondu Furth. J'y passe tout mon temps libre, lorsque tu n'as plus besoin de moi à la ferme.

— Quand comptes-tu pouvoir y habiter, a interrogé le fermier ?

— Je pense que tout sera prêt avant le début de l'hiver a répondu Furth. Je compte sur mes amis pour m'aider à refaire l'électricité, la plomberie. Pour les peintures, j'y arriverai avec Marie. Quant à l'écurie, les travaux avancent. Il reste à couler une dalle de béton et à réparer les mangeoires. La grange est en assez bon état. Joseph a dit à Furth : Je pourrai te donner quelques bottes de foin pour tes génisses l'hiver et de la paille pour la litière. Tu pourras utiliser mes machines, le temps que tu puisses te monter à ton tour toi-même.

Furth n'en finissait pas de remercier son beau-père. Il lui dit :

— Moi et Marie, on ne pourra jamais te remercier pour tout ce que tu fais et feras pour nous.

En septembre a eu lieu le traditionnel battage du blé. La production de blé a été importante avec de la paille très longue. Cela permettra aux nouveaux mariés de débuter. Joseph a dit à Furth :

— Puisque tu auras 15 places pour les vaches à l'écurie, je vais te garder et t'élever 6 ou 7 veaux.

Toute la ferme s'active en ce début d'automne 1947. Furth espère avoir un tracteur, même d'occasion. Un tracteur neuf est arrivé au village, un Massey Ferguson de 160 chevaux. Il fait l'admiration de tous les agriculteurs du village. Plusieurs d'entre eux se sont regroupés pour cet achat important. Ils vont l'utiliser à tour de rôle. Dans la plaine du Forez, ils utilisent les tracteurs depuis de nombreuses années.

À la ferme de Joseph et Francine, tout a été engrangé : le foin, la paille. Furth aurait besoin également d'une paire de bœufs de Joseph pour labourer deux parcelles où il pense faire du blé. Depuis quelques années, il a pour projet de construire un hangar avec une stabulation libre pour les vaches. Lui et Marie ont d'autres projets en tête. Furth a toutes les qualités pour faire un bon fermier. Il est travailleur, habile, économe, gentil, courtois... Il considère sa belle famille un peu comme ses propres parents.

Lorsqu'ils seront bien installés, chez eux, Marie et Furth pensent aussi au projet de fonder une famille.

Les jeunes mariés ont 30 ans pour Marie et 28 ans pour Furth. Il est temps de ne pas trop attendre. Marie dit à Furth :

— J'aimerais bien avoir un enfant avant mes 32 ans, car après 35 ans, c'est déjà un peu tard.

— Je vais y penser a répondu Furth, lorsqu'on sera bien installé et tranquilles chez nous, à la fin 1948 ou au début 1949.

Les deux jeunes mariés nagent dans le bonheur. Marie aide son mari pour aménager leur maison. Être resté dans la maison des parents durant 30 ans est bien assez long pour Marie. Quant à Furth, il se lève très tôt le matin, dès le début du jour. Pour lui, les journées sont longues. Il aide encore Joseph à la ferme. Les gros travaux étant achevés, il en profite pour avancer les travaux de sa ferme avant la rigueur de l'hiver.

Chapitre 16

Accident de Joseph

Un dimanche après-midi du début septembre 1947, Joseph, traversant la grange entend comme des miaulements de petits chats qui attendent leur mère. Le fermier essaie de les trouver au milieu des bottes de foin. Il a pris l'échelle de 8 mètres pour arriver où il entend des petits. En effet, pomponette, la chatte de la ferme a fait 6 beaux petits chats dans le foin. Ils sont blottis dans le foin, les uns contre les autres pour se tenir chaud. Les petits attendent que leur mère revienne pour leur donner la tétée.

En redescendant de l'échelle, Joseph manque un barreau de l'échelle. Cela le déséquilibre. Il s'agrippe à l'échelle qui bascule avec lui sur le sol, 5 ou 6 mètres plus bas. Joseph ne peut pas se relever. Il a très mal au dos et crie à cause de la douleur. Francine qui l'écoute arrive aussitôt. Elle a le très bon réflexe de ne pas bouger son mari et d'appeler très vite les pompiers. Ces derniers arrivent quelques minutes après, en même temps que le médecin de famille qui a été prévenu.

Les pompiers laissent Joseph sur le dos et l'installent avec précaution sur un brancard sans le lever. Une chute sur le dos fait toujours craindre une atteinte de la colonne vertébrale. Francine, très inquiète, accompagne son mari aux urgences de l'hôpital. Joseph, âgé de 58 ans, est la cheville ouvrière de la ferme. La fermière reste avec son mari à l'hôpital jusqu'à la fin de l'après-midi. Elle attend des informations précises de la bouche même du médecin qui a examiné son mari. Joseph, après sa chute a le souffle un peu coupé.

Le médecin ne peut pas lui donner de diagnostic précis, car il faut faire à Joseph d'autres examens complémentaires. En attendant on lui a donné un traitement anti douleur assez fort. C'est très inquiète que Francine revient à la ferme. Sans Joseph, il faut s'organiser pour le travail de la ferme, traire les vaches… Francine, à son retour, ne peut pas donner à sa famille des nouvelles précises de Joseph. Ce dernier reste à l'hôpital en observation pour d'autres examens. À la suite de cet accident, la ferme est sans homme, selon le titre du livre.

Les deux filles, Marie et Benoîte se mettent à pleurer au retour de leur mère à la ferme. Furth n'a pas attendu le retour de la fermière pour prendre la relève de Joseph. Il a pris en charge la traite des vaches. Les deux sœurs se reprennent en main et consolent leur mère en pleurs à son retour. Elles lui disent :

— Maman, ne pleure pas, pour papa cela ne sera peut-être pas trop grave.

— Avec la chute, Joseph aurait pu s'assommer, a répondu Francine. Il va peut-être s'en tirer avec des côtes cassées. Attendons un peu, l'hôpital nous donnera des nouvelles bientôt.

La fermière a beaucoup remercié son gendre Furth, pour avoir remplacé au pied levé son mari aux divers travaux de la ferme. Tous les habitants de la ferme sont très angoissés. Ils n'osent pas imaginer le pire pour Joseph.

Mardi matin, Francine téléphone à l'hôpital pour avoir des nouvelles. Le médecin lui répond :

— Votre mari a été mis sous perfusion avec des antalgiques, car il souffrait beaucoup. On lui a fait plusieurs examens complémentaires : radiologiques, neurologiques… Apparemment, il n'y a pas de lésions des disques lombaires, le la moelle épinière, des nerfs. Cependant, en regardant les radiographies, on constate plusieurs fractures de côtes, une fracture du nez et une plaie à la face causée par l'échelle. Le médecin essaie de rassurer Francine. Il poursuit en précisant qu'il n'y a pas de risques de paralysie à l'examen neurologique. Nous le gardons plusieurs jours en observation pour soigner les fractures et la plaie faciale. Il peut y avoir des séquelles non prévisibles.

— Votre mari a eu de la chance dit le médecin. Avec une chute de cette hauteur, il aurait pu être assommé ou être paralysé à vie. Nous le gardons en observation. À l'avenir, Joseph devra être très prudent. Il lui faudra de nombreuses semaines de repos.

Après l'accident de Joseph, c'est Francine qui a pris la direction de la ferme.

— Heureusement que j'ai Furth, mon gendre depuis le 31 mai 1947, pour me seconder. En s'adressant à Furth, elle lui dit :

— Pourriez-vous rester encore un peu à la ferme, en attendant que Joseph soit bien remis de son accident ?

Furth a répondu :

— Je veux bien vous dépanner, mais avec Marie, on continue à installer notre ferme. De plus, on aimerait bien avoir un enfant car les années passent. Vous devriez chercher un valet pour remplacer Joseph. Je sais que Willy cherche du travail.

— Vous le connaissez assez bien depuis 1945, votre camarade, a dit la fermière. Pensez-vous qu'il ferait l'affaire ?

— Il est plus réservé que moi, mais il travaille assez bien. Vous pourriez le prendre à l'essai quelque temps.

Tous à la ferme souhaitent que Joseph se rétablisse dans les meilleurs délais. Tous espèrent qu'au début de l'année 1948, il puisse s'occuper un peu de la ferme. Furth a répondu à la fermière :

— Vous pourriez engager Willy pour un mois et voir après s'il fait l'affaire. Sinon, vous pourrez toujours le renvoyer s'il ne vous convient pas.

Le 1er octobre 1947, Francine a engagé Willy pour un essai d'un mois. Cela doit permettre à Furth de mieux achever l'installation de sa propre ferme. La partie habitation étant achevée, cela lui permet d'y habiter avec Marie. Il vient à la ferme de Francine en cas de besoin, pour superviser Willy.

À la ferme, le 1er octobre, il reste : la fermière Francine,

Joseph est à l'hôpital de Montbrison à cause de sa chute dans la grange, Benoîte la fille âgée de 32 ans, Willy le valet à l'essai. Quant à Furth et Marie, ils restent provisoirement avec la fermière, mais ils ont hâte d'habiter leur propre ferme. Furth surveille un peu avec Francine le valet. La cohabitation entre Furth et Willy est assez difficile.

Furth est un bûcheur, sympathique, avec un très bon caractère. Quant à Willy, c'est l'opposé, il est distant, renfermé, n'aimant pas les remarques. Il a besoin d'être commandé car il ne voit pas le travail à faire comme Furth. Pour résumer, Willy, est l'antagoniste de Furth qui lui est un bon élément. Furth est obligé de commander Willy. Ce dernier lui fait parfois des remarques désobligeantes, si bien que Francine, la fermière est obligée de le recadrer.

Francine se repose beaucoup sur Furth, son gendre, qui en réalité remplace Joseph. Marie fait la navette entre sa ferme encore sans vache et la ferme de ses parents. Quant à Benoîte, encore célibataire, elle voudrait bien trouver « chaussure à son pied ». Elle fréquente moins les bals depuis que sa sœur est mariée en mai.

Willy, âgé de 35 ans, drague un peu Benoîte qui a 3 ans de moins que lui. Le dimanche, il leur arrive d'aller au bal. Benoîte, ne trouve pas Willy spécialement séduisant. Quant à Willy, il essaie de la séduire.

À la ferme de Francine et Joseph, novembre est arrivé, avec déjà les premières gelées blanches. Furth, supervise le travail fermier avec Francine aidée par Willy. Quant à Benoîte, elle s'occupe des travaux intérieurs de la maison. Joseph est toujours à l'hôpital. Ses côtes cassées se ressoudent ainsi que le nez. Son visage, un peu bleu, à cause de l'échelle, devient un peu jaune, mais bientôt, il retrouvera sa couleur normale.

On arrive à Noël 1947. Joseph est toujours à l'hôpital depuis le mois de septembre. Son séjour semble se prolonger. À la radiographie, Joseph présente maintenant une fissure à la colonne vertébrale au niveau lombaire. Les médecins semblent inquiets à son sujet. C'est dire que les fêtes de fin d'année à la ferme sont un peu tristes, surtout pour Francine. Elle se demande si Joseph va pouvoir travailler de nouveau. D'autre part, Furth et Marie vont bien vouloir partir à leur ferme.

Les médecins, à l'entrée de Joseph à l'hôpital en septembre, suite aux divers examens, n'ont pas trouvé de lésions à la colonne vertébrale. Ils n'ont pas trouvé de signes douloureux à la tête, au cou et au dos. La respiration est normale. Il n'y a pas de pertes d'urines, de selles et d'état de choc graves. Cependant, les médecins sont perplexes sur son état, car Joseph reste souvent au lit. Ils lui posent un collier cervical rigide.

L'état de conscience de Joseph n'est pas parfait. Il ne se déplace pas parfaitement. Pour sa femme ces nouvelles de Joseph ne sont pas très rassurantes. Elle dit :

— Je pensais que Joseph passerait les fêtes de fin d'année avec nous.

Les deux filles, Benoîte et Marie, essaient tant bien que mal de consoler leur mère qui est toute triste et qui pleure.

— On est là maman disent-elles. Si papa ne peut plus travailler, on trouvera bien une solution.

Francine, très croyante et très pratiquante a répondu :

— À la maison, on va tous faire une « neuvaine », prier très fort la Sainte Vierge durant 9 jours, pour que la santé de papa s'améliore. À son retour de l'hôpital, je pourrais partir avec lui à Lourdes en pèlerinage pour demander à la Vierge Marie sa guérison.

Francine a demandé un rendez-vous au docteur à l'hôpital, pour connaître exactement l'état de santé de son mari. Le médecin lui a précisé que les examens n'avaient pas donné de signes réels de traumatisme de la colonne vertébrale. Cela n'exclut pas une réelle lésion. Il lui a précisé que Joseph pourrait garder une perte de capacité de fonctionnement avec un ou plusieurs signes possibles comme : des fourmillements au niveau des jambes et des pieds, une incontinence urinaire ou fécale, une baisse de la fonction respiratoire, une déformation de la colonne vertébrale, des problèmes d'équilibre rendant la marche difficile, des infections urinaires, des escarres, des douleurs, une prise de poids... Le médecin, en lui laissant un peu d'espoir a précisé :

— Joseph aura besoin de soins de rééducation: kinésithérapeute, ergothérapeute. Il pourra rester à la maison, mais s'occuper de la ferme sera trop difficile pour lui, surtout à cause des problèmes d'équilibre qui pourront gêner la marche. Avec des soins assidus, il pourra peut-être éviter le fauteuil roulant. Il va probablement éviter la paralysie des membres inférieurs. C'est un moindre mal, si cela peut vous consoler. Vu les soins dont aura besoin votre mari, il serait préférable qu'il habite en ville au moins quelque temps. À moins de 60 ans, Joseph est trop jeune pour rester en maison de retraite. En attendant, a conclu le médecin, on peut encore le garder un peu à l'hôpital jusqu'au printemps 1948. Francine est sortie en pleurs de l'hôpital. Dans le car qui la ramène au village, elle est anéantie. Le médecin lors de son entretien ne l'a pas du tout rassuré. Après s'être ressaisie en arrivant à la ferme. La famille lui a posé des questions :

— Comment va papa, lui ont demandé les filles, tout comme Furth le gendre. En regardant le visage triste de Francine, tous à la ferme ont compris que ce n'est pas brillant pour Joseph.

Francine a expliqué que Joseph, même s'il n'est pas paralysé des membres inférieurs aura besoin de soins constants. Au village, il ne pourra pas bénéficier de soins comme à Montbrison. Furth et Marie en particulier, eux qui sont en train d'aménager la ferme qu'ils ont achetée, sont très attristés par les nouvelles peu rassurantes de Joseph.

— On parlera le la situation à tête reposée ont-ils dit, dimanche où on sera en toute tranquillité. De toute façon, il faut qu'on trouve une solution avant l'été 1948.

Chapitre 17

Le devenir de la ferme

Un dimanche après-midi du mois d'avril 1948, a lieu la réunion familiale annoncée pour faire le point avec la situation de Joseph, car de nombreuses questions sont restées en suspend. Toutes les hypothèses sont exposées par Francine avec Marie, Furth et Benoîte. Willy, le valet, n'assiste pas à la réunion. Diverses propositions sont faites, mais restent encore beaucoup d'interrogations. Joseph ayant besoin de soins introuvables au village, devra-t-il aller habiter en ville ?

Francine, très croyante, a fait part à sa famille se son désir d'aller avec Joseph à Lourdes en pèlerinage, au mois de mai.

— Je l'ai promis à la Sainte Vierge si Joseph n'était pas paralysé. Dans le train, il y a des wagons-lits pour les malades. J'en ai parlé à son médecin. Ce dernier a jugé que cela pourrait être envisagé. La famille, elle aussi, n'est pas opposée à ce pèlerinage. Cela ne pourrait que faire du bien à Joseph. À Lourdes, il y a une équipe médicale qui pourra le prendre en charge et des brancardiers.

La question la plus épineuse abordée par Francine la fermière a été celle de la future gestion de la ferme. Est-ce que Francine pourra gérer la ferme avec pour seule aide Willy ou un autre valet ?

Furth et Marie ont émis le souhait, fin septembre, d'intégrer leur ferme à celle de Joseph et de débuter l'exploitation avant l'automne. Dans ce cas, il ne resterait à la ferme que Francine, Benoîte et Willy. Faudrait-il vendre des vaches et céder les génisses à

Furth et Marie pour débuter leur propre ferme ? Francine et Joseph trouveraient une habitation en ville. Faudrait-il vendre la ferme transmise depuis plusieurs générations ? Jean et Mathieu, tous deux décédés auraient pu perpétuer la ferme, un vrai héritage. Est-ce que Marie et Furth voudraient rester à la ferme paternelle et revendre celle qu'ils venaient d'acheter dans le village.

La réunion a duré plus de 3 heures. Mais toutes les réponses sont suspendues à l'état de santé de Joseph. Francine, une vraie maîtresse femme a proposé à tous de ne pas prendre de décision dans la précipitation avant la fin juin 1948. Sa très grande foi l'aidait à espérer en secret la guérison de son mari à Lourdes. À cette époque, on faisait la prière du soir avant d'aller se coucher avec les enfants. Francine continuait à le faire encore.

Elle avait un peu parlé, à la réunion, de son projet de pèlerinage à Lourdes avec son mari en mai. Pendant son absence à Lourdes, la fermière, avait délégué son gendre Furth pour s'occuper de la ferme.

C'est ainsi que fin mai, un peu rassurée, avec quand même un peu d'inquiétude, Francine a rejoint Joseph, pour le départ à Lourdes à Saint Étienne, en train de nuit avec les autres malades du secteur de Montbrison.

Francine, après avoir donné toutes ses consignes, est partie avec confiance à Lourdes pour une semaine. Chacun et chacune a un travail bien précis à faire durant cette semaine. Furth, aidée de Marie prend donc la responsabilité de la ferme.

Les travaux de mai à la ferme malgré l'absence de Francine vont bon train. Les vaches sont au pré, mais il faut quand même les traire. L'herbe n'étant pas mûre, les foins ne vont pas commencer avant le milieu du mois de juin. Furth et Willy s'occupent de la traite des vaches. Quant à Marie et Benoîte, elles s'occupent de l'intérieur de la ferme, des fromages pour le marché du samedi à Montbrison.

La semaine d'absence de Francine s'est déroulée sans problème. Furth a remarqué que Willy va régulièrement à la ferme en ruines, que tous deux squattaient après la fin de la guerre. Il s'interroge :

— Que donc va-t-il faire dans cette ferme abandonnée ?

Un dimanche après-midi, lorsque Willy et Benoîte sont au bal, Furth décide d'en avoir le cœur net. Il se rend dans la vielle ferme squattée par Willy. Il trouve une vieille paillasse sur un lit en fer tout rouillé, une marmite près de la cheminée, des bouteilles de vin vides. Furth est intrigué par un trou creusé dans la cuisine qui devait servir également de salle à manger. Le trou est recouvert de quelques planches toutes vermoulues. Sous celles-ci de la terre battue. Cela ressemble étrangement à une cachette. Il remet soigneusement les planches et la table de ferme posée dessus. Il se dit qu'un jour, il saura bien ce que contient cette cachette qui semble avoir beaucoup de prix pour Willy.

Ce dernier, cache de moins en moins ses sentiments pour Benoîte qui a deux ans de plus que lui. Ses regards complices durant les repas indiquent beaucoup de choses. Mais, est-ce que les sentiments de Benoîte à son égard sont-ils réciproques, ce n'est pas si sûr. Les voisins, voyant Willy et Benoîte aller ensemble au bal du dimanche, sont intrigués. Ils trouvent un peu curieux que les deux filles de la ferme fréquentent les deux Allemands. Certes, Marie et Furth sont mariés, mais pour Willy et Benoîte, ils trouvent cela un peu étonnant.

Tous reconnaissent que Willy n'a pas le même caractère que son ancien camarade Furth. Il est beaucoup plus distant, réservé et moins sympathique que Furth. Il ne regarde jamais les personnes en face. Il est un peu sournois. On ne sait jamais ce qu'il pense. Durant l'absence de la fermière, Furth et Marie ont bien su gérer la ferme.

À la fin de la semaine, Francine et Joseph sont revenus de Lourdes très détendus. Francine a raconté la grande ferveur de tous les pèlerins, les processions aux flambeaux, la gentillesse du brancardier qui s'occupait de Joseph en le transportant en fauteuil roulant pour tous les déplacements. Joseph, une journée après son retour est reparti quelques jours à l'hôpital. Francine a indiqué aux habitants de la ferme que depuis le pèlerinage et en particulier depuis le bain dans la piscine, son mari Joseph marche beaucoup mieux et boite presque plus. Elle leur a confié qu'elle avait beaucoup prié la Sainte Vierge durant toute la semaine, pour obtenir la guérison de Joseph.

Le médecin qui à l'hôpital s'occupe de Joseph a dit à sa femme qu'il le garde sous surveillance quelque temps, pour examiner ses réels progrès, passagers ou durables. S'il est capable de revenir à la ferme, au milieu de la famille, ce sera pour l'été, en juin ou juillet 1948. À la ferme, l'espoir renaît avec les nouvelles encourageantes apportées par Francine à son retour de Lourdes. La fermière a bon espoir que son mari revienne à la ferme.

Pour les travaux d'été : fenaison, moisson, battage du blé, Francine compte encore sur l'aide très appréciée de Furth. Ce dernier a dit à sa belle-mère :

— Francine, moi et Marie, en automne, nous aimerions aller habiter dans notre maison, notre ferme. Nous sommes restés plusieurs mois avec vous, à cause de l'état de santé de Joseph. Dans ce cas, Willy pourrait vous aider pour les travaux d'automne. C'est normal que vous partiez débuter votre propre ferme. Elle est déjà prête à recevoir les génisses de chez nous. On vous les a promis avec Joseph, on tiendra notre parole. D'autre part, j'espère que Joseph ira de mieux en mieux.

Furth a répondu :

— On vous a dépanné, c'est normal après l'accident de Joseph. Avec Marie, nous nous réjouissons que Joseph soit sur la voie de la guérison. Marie et Moi pensons avoir un petit pour le prochain été, en 1949. Quant à Willy, il a bien aidé pour la ferme, mais il ne prend pas trop de responsabilités. Il faut sans arrêt lui dire le travail qu'il faut à faire.

Willy, continue d'éprouver des sentiments à l'égard de Benoîte. Mais cela ira-t-il jusqu'au mariage ? En attendant, il continue d'aller au bal du dimanche. Benoîte, comme sa sœur Marie, aimerait bien se marier car elle a déjà 32 ans. Elle ne parle pas de ses éventuels sentiments pour Willy. D'autre part, elle ne peut pas laisser sa mère seule. De plus, son père est encore à l'hôpital.

Pour ce qui est de Joseph, le médecin n'en revient pas. Il dit à sa femme Francine :

— Depuis que Joseph est revenu de Lourdes, fin mai 1948, son état s'est beaucoup amélioré. Je ne comprends toujours pas. Il a toujours une petite déformation de la colonne vertébrale, mais il n'a plus aucun problème d'équilibre. Il marche presque normalement et il n'a plus d'infection urinaire.

— Vous n'allez quand même pas me dire que Joseph est un miraculé de Lourdes a plaisanté le médecin. Moi, je ne suis pas croyant, je ne crois pas aux miracles. Cependant, je constate qu'il va mieux. Au niveau médical, je constate qu'il va même beaucoup mieux depuis son retour. Mais cela n'est peut-être que passager. Si dans 3 ou 4 semaines, son état est toujours encourageant, il pourra retourner à la ferme, tout en étant suivi par son médecin de famille très croyant. Francine s'est empressée de donner des nouvelles très encourageantes de son mari à tous à la ferme.

Tous, sont heureux du prochain retour de Joseph, en particulier sa femme Francine. Cette dernière était assez triste depuis le mois de septembre 1947 où Joseph a chuté dans la grange. Marie et Furth s'en réjouissent également. Ils vont pouvoir enfin habiter leur ferme à eux, prêts à accueillir les génisses promises par les fermiers.

Quant à Willy, le valet, il ne s'est pas réjoui, car si Joseph de retour, les fermiers ne vont peut-être pas le garder à la ferme. Pour qu'il reste, il faudrait qu'il se marie avec Benoîte. Depuis plusieurs mois, Willy est attiré par Benoîte, mais pour elle qui fréquente toujours les bals, cela n'est pas du tout réciproque.

L'état de santé de Joseph ne s'aggravant pas, le médecin de l'hôpital a décidé qu'il ne doit plus le garder car il se tient correctement en équilibre sur ses deux jambes.

Chapitre 18

Le retour de Joseph parmi les siens

À la veille de l'été 1948, Joseph est enfin de retour à la ferme. Il était parti à l'hôpital en septembre 1947, près de 9 mois auparavant. Le voilà guéri et comme ressuscité. Tous ceux qui l'avaient vu à l'hôpital n'en croient pas leurs yeux. Il revient sans aucun traitement. Il arrive avec une simple lettre pour son médecin de famille. Ce courrier indique :

- « Cher confrère, je vous renvoie Joseph... qui, suite à une méchante chute sur le dos, a reçu sur la face l'échelle de bois de la grange. Il aurait pu être paralysé du bassin jusqu'aux pieds. Il présente une légère déformation de la colonne vertébrale, sa fonction respiratoire est devenue normale et il n'a plus de fourmillements des jambes et des pieds. Mais surtout, il reste en équilibre, ce qu'il ne pouvait pas faire avant. Ces réels progrès ont été constatés par tout le personnel de mon service, depuis son retour de Lourdes fin mai. Médicalement parlant, je ne peux pas expliquer cette amélioration. Je lui ai seulement prescrit une ceinture lombaire pour protéger ses vertèbres. Je pense qu'après quelque temps de repos dans sa famille, il pourra reprendre, petit à petit, ses activités habituelles, tout en prévenant toute nouvelle chute. En vous le confiant, recevez, cher confrère, mes sentiments les plus cordiaux. »

En ce 20 juin 1948, c'est un grand jour de fête à la ferme,

celui du retour du fermier Joseph à la maison après 9 mois d'absence. Joseph est le héros du jour. Il est harcelé de questions sur son séjour à l'hôpital, son pèlerinage à Lourdes… Quant à Francine, elle pleure de joie au retour de son mari avec sa miraculeuse guérison. Elle dit à tous :

— Après la chute de Joseph dans la grange, j'avais imaginé le pire, je le voyais paralysé à vie. On aurait été obligé de vendre la ferme et d'aller habiter en ville. La ferme sans homme n'aurait pas été possible. Cela m'aurait fait mal au cœur a poursuivi Francine, d'être obligée de me séparer de la ferme, exploitée depuis plusieurs générations par la même famille. Les deux filles auraient insisté pour garder la ferme. Si Benoîte et Willy s'étaient mariés, ils auraient pu reprendre la ferme.

Mais tous à la ferme, ont remarqué qu'il n'y a pas de réciprocité de sentiments pour Benoîte et Willy le valet. Depuis quelques semaines, Benoîte part seule au bal du dimanche.

Chacun se demande si elle finira par trouver une « chaussure à son pied ». Francine s'est adressée à tous pour fêter le retour de son mari :

— Aujourd'hui, avec le retour de Joseph, c'est un grand jour de renouveau à la ferme après sa guérison. Nous allons le fêter comme il se doit.

Durant le repas familial, chacun à l'apéritif, a levé son verre pour fêter le retour de Joseph. Sa femme Francine a insisté sur l'aspect miraculeux de la guérison de Joseph. Francine a dit :

— Dimanche prochain aura lieu une messe d'Action de grâces à 10 h 30 à l'église du village, pour remercier la Saint Vierge de la guérison de Joseph.

Le repas préparé par Francine et Benoîte s'est prolongé dans l'après-midi. Furth n'a pas oublié son accordéon. Il a joué de nombreuses chansons. Cela a donné plus de vie et de gaieté au repas et à l'après-midi. Même Willy, le valet, était présent au repas. Mais, très peu bavard, il est resté dans un coin de la table. Il n'est pas très enthousiaste du retour de Joseph. Il est inquiet, car il se demande s'il va rester travailler à la ferme.

Tous les convives ont remarqué l'attirance de Willy pour Benoîte, la fille du fermier. Mais cette dernière ne semble pas répondre à ses attentes. Elle est même gênée, si bien qu'elle s'est assise à l'autre bout de la table.

Le dimanche suivant, toute la famille est présente à la messe de reconnaissance. Le curé, dans son sermon, en a profité pour dire qu'avec la foi, on pouvait faire de grandes choses, même « transporter les montagnes » selon les termes de l'évangile. Il a cité en exemple, la très grande foi de Francine et Joseph. Cela a peut-être contribué à la guérison. Il n'a pas parlé de miracle, car l'Église est très prudente et longue à reconnaître des faits miraculeux.

Pendant l'été, Willy, le valet, doit quand même rester à la ferme, car Joseph, même guéri, doit se reposer avant de reprendre petit à petit le travail et la commande de la ferme. Marie et Furth ont beaucoup de projets en tête. Elle en fera part à sa famille dans les semaines à venir. Quant à Benoîte, elle rêve d'une autre vie. À 32 ans, elle ne désire plus rester à la ferme, le cocon familial. Joseph a rappelé à Furth et à Marie :

— Je vous ai promis de vous aider à démarrer votre ferme en vous offrant 6 génisses, vos futures vaches laitières.

En prévision, Furth a déjà fait un peu de foin avec ses prés, en prévision de l'hiver. Pour ce qui est des deux grandes terres de Furth, Joseph lui a proposé de lui prêter une paire de bœufs pour labourer.

La santé de Joseph continue de s'améliorer. Il va régulièrement consulter son médecin à l'hôpital. Ce dernier, n'en revient toujours pas de l'amélioration subite de la santé de Joseph. Cet été 1948 a été très chaud. Pour le moment, c'est encore Willy, le valet, qui aide Furth à la ferme. Mais, c'est tout de même Joseph qui commence à reprendre petit à petit la direction de la ferme.

Joseph, durant son séjour à l'hôpital, avait imaginé le pire, après sa chute sur le dos. Il aurait pu être paralysé des membres inférieurs. Alors, plusieurs hypothèses se présentaient :

— Joseph, paralysé, resterait à la ferme avec Francine et un valet,

— Joseph laissait la ferme à Benoîte et Willy, mais entre les deux il n'y avait rien de sérieux pouvant aboutir à un éventuel mariage,

— Francine vendrait la ferme et irait s'installer en ville avec Joseph qui aurait besoin de soins et d'aide au quotidien.

Joseph imaginait les longues discussions qui auraient lieu à la ferme à son sujet. Mais cela lui ferait beaucoup de peine d'être obligé de vendre sa ferme exploitée depuis de nombreuses générations par sa famille. Il ne pouvait pas faire confiance à Willy qu'il trouvait toujours sournois, renfermé, jaloux et avec un mauvais caractère. Willy essaie toujours de draguer sa fille Benoîte. Mais cette dernière n'éprouve aucun sentiment pour Willy. Quant à Benoîte, elle continue d'aller au bal, dans l'espoir d'y trouver un homme à son goût.

L'été se passe comme de coutume. La ferme, durant cette période de gros travaux, a provisoirement 3 hommes. Joseph profite de la présence de son gendre pour se reposer un peu, tout en se remettant progressivement dans le bain.

Après les foins de juin, les moissons de juillet, les gros travaux s'achèvent avec le battage du blé en septembre. Joseph est de nouveau là pour commander tous les ouvriers à la batteuse... Les voisins n'en reviennent pas de voir comment Joseph « le miraculé » a évolué. Beaucoup sont des catholiques pratiquants. Ils n'en croient pas leurs yeux en voyant Joseph rétabli et guéri. Il va élever d'autres veaux pour son gendre et sa fille. C'est ainsi que la nouvelle ferme aurait d'ici 2 à 3 ans, 12 vaches laitières. À la mi-septembre 1948, la fête de la batteuse est très réussie. À 7 heures du matin, la batteuse ronronne déjà. Les 3 femmes préparent le casse-croûte de 10 heures.

Depuis la veille elles avaient commencé à préparer le repas, sans oublier le traditionnel pâté aux pommes, la volaille était cuite...

Vers13 heures, tous les ouvriers se sont mis à table. À la fin du repas, Furth ne s'est fait prier pour égayer la fête avec son accordéon. À 15 heures, tous se sont remis à l'ouvrage pour terminer le battage du blé. Cette année, les grains de blé sont de très bonne qualité. Une partie sera amenée au moulin pour faire de la farine. La meilleure qualité servira à faire le pain de la ferme, cuit une fois par mois dans le four construit à cet effet. L'autre partie de moindre qualité sera utilisée pour le bétail.

Les gros pains de seigle se conservent longtemps au frais grâce à sa croûte épaisse. À cette époque, beaucoup de fermes ont un four à pain chauffé au bois.

Chapitre 19

De bonnes nouvelles à la ferme

Aménagement de Furth et Marie

À la fin du mois de septembre 1948, Marie et Furth ont annoncé à tous leur départ de la ferme, pour aller habiter dans leur propre ferme dans la commune voisine. Joseph et Francine, ont décidé de faire un petit repas pour marquer ce départ au tout début octobre. Marie est contente de partir, même si cela est dur de laisser ses parents. Elle est heureuse de la santé retrouvée de son père. Les gros travaux d'été à la ferme étant achevés, Furth va enfin s'occuper de sa propre ferme.

À la fin du repas, d'un dimanche, agrémenté de l'accordéon de Furth, tous ont chanté en chœur « Ce n'est qu'un au revoir... » Sur tous les visages, on constate de la tristesse, en particulier sur ceux de Francine et Marie. Cette dernière est aussi très heureuse, à 30 ans, de quitter le cocon familial. Le repas s'est poursuivi l'après-midi. Pour terminer cette fête familiale d'adieu, tous ont levé leur verre à la santé et à la prospérité de Marie et Furth.

Marie, après avoir essuyé ses larmes, a pris son courage à deux mains, s'est levée et a dit à toute la famille attablée :

— Je vous annonce que je suis enceinte depuis un mois. Si tout se passe bien, au mois de mai de l'an prochain (1949), on aura un petit.

Tous ont félicité les futurs parents. Furth s'est levé à son tour et a remercié chaleureusement toute la famille, pour son accueil à la ferme de Joseph et Francine. Il a dit :

— Moi et Marie, nous partons, mais on ne vous abandonne pas. Je serai toujours là pour donner un coup de main à la ferme si cela est nécessaire. Mais, c'est bien aussi que Marie et moi on fonde notre propre famille.

Les deux fermiers se sont levés à leur tour et ont pris la parole pour remercier du fond du cœur Furth et Marie de leur aide précieuse. Ils leur ont souhaité beaucoup de bonheur et également plusieurs enfants. Mais avant que tous se lèvent de table, cette fois, c'est Benoîte qui s'est levée pour dire qu'un bonheur n'arrive jamais seul. Elle a dit :

— Au bal, depuis quelque temps, j'ai trouvé un copain. Il s'appelle Lucien et il habite un village voisin. Je dois continuer à cheminer avec lui, pour voir si on peut s'engager dans quelques mois à vivre ensemble.

À cet instant, de nouveau des larmes de joie ont coulé en particulier sur les visages de Francine et Joseph. Willy est également au repas, mais il reste un peu seul dans un coin. Il est toujours triste et renfermé. Après tout, il n'est que le valet de la ferme. Cependant, il aurait pu être un peu plus joyeux.

Durant la première semaine d'octobre 1948, Furth et Marie ont déménagé. Mais, les génisses sont déjà installées à la nouvelle ferme. Marie et Furth sont devenus à leur tour fermiers. À la ferme, cela a fait un grand vide avec deux personnes en moins. Joseph, tiendra-t-il sa promesse à Furth de lui donner 6 autres génisses dans quelques mois, vers le printemps 1949 ?

Joseph le fermier garde toujours Willy pour l'aider à la ferme. Mais, le valet est toujours silencieux et renfermé sur lui. Il ne regarde jamais en face et on ne sait jamais ce qu'il pense.

Joseph est âgé de 59 ans. Il n'a pas d'autre valet pour le remplacer. Mais, il n'a pas l'intention de le garder encore longtemps. La fermière âgée de 60 ans et son mari pensent encore exploiter leur ferme durant quelques années.

Espoirs pour Benoîte et Lucien

Quant à Benoîte, elle a rencontré plusieurs fois Lucien au bal. Il est âgé de 30 ans. Elle pense le présenter à Joseph et Francine un dimanche en l'invitant au repas de midi à la ferme. Elle a déjà été une fois chez les parents de Lucien. Ils habitent à 15 kilomètres de la ferme de Joseph et Francine.

Les parents de Lucien tiennent un petit commerce dans leur village. Quant à Lucien, il travaille dans les fermes comme valet. Il fait des remplacements. Il habite toujours chez ses parents. Les fermiers ont dit à Benoîte, leur fille :

— Tu vas bien nous le présenter ton amoureux.

Benoîte a répondu :

— On pourrait l'inviter à manger un dimanche à midi.

Les fermiers sont d'accord et proposent un dimanche de fin octobre 1948. C'est ainsi que le dernier dimanche d'octobre, Lucien est arrivé à la ferme. Francine a insisté pour que Willy vienne au repas. Mais, ce dernier n'a pas bien envie d'y rester.

Lucien est arrivé avec un magnifique bouquet de fleurs à la main. Benoîte l'a présenté à ses parents. Lucien a fait une première bonne impression aux fermiers. C'est un garçon très simple, réservé, habitué à travailler de ferme en ferme pour faire des remplacements. Ainsi, il connaît une dizaine de fermes du haut Forez. Joseph a trouvé facilement des sujets de conversation avec Lucien : la ferme, les animaux, les cultures, les nouveaux tracteurs… Lucien n'a pas été gêné du tout. Sa simplicité a même impressionné les fermiers. Quant à Willy qui a des sentiments pour Benoîte, il a très peu parlé durant le repas, étant très jaloux. Joseph et Francine ont abordé le sujet sentimental :

— Alors Lucien, vous cherchez une âme sœur.

— Oui, cela fait plusieurs années que je recherche une compagne. Depuis quelques mois, je fréquente les bals. C'est ainsi qu'il y a quelque temps, j'y ai trouvé Benoîte. On a tout de suite sympathisé. Plus jeunes, mes parents ne me laissaient pas trop sortir. De plus, avec mon travail d'agriculteur remplaçant, je peux aussi bien travailler le week-end que la semaine. Aussi j'aspire à plus de stabilité. C'est vrai que je suis un peu gauche avec les filles, mais j'ai un très bon caractère et un très bon cœur. Si l'émission de télévision intitulée « L'amour est dans le pré » avait existé, je me serais toute de suite inscrit. Je loge parfois à la ferme de mes patrons pour de longs remplacements. Le reste du temps, j'habite encore chez mes parents. Mais, arrivé à 30 ans, je désire trouver une compagne qui acceptera d'être ma femme et me mettre à mon compte avec ma propre ferme.

Lucien a impressionné les fermiers. Ce dernier a conclu :

— Je reconnais que j'éprouve de réels sentiments pour votre fille Benoîte.

Cette dernière a confié :

— Moi aussi, après plusieurs rencontres au bal, je ressens des sentiments pour Lucien.

Lucien a repris :

— Je n'ai pas de parents agriculteurs, mais cela fait plus de 10 ans que je travaille dans les fermes en faisant des remplacements plus ou moins longs.

En regardant les fermiers, Lucien a dit :

— Avec votre fille Benoîte, on pourrait continuer de se rencontrer, de cheminer ensemble pour voir si on est vraiment faits l'un pour l'autre. Mes parents sont d'accord pour vous inviter chez eux. Je pense qu'ils seraient heureux que leur fils trouve une bonne compagne. Ils ne seraient pas trop contents de me voir rester célibataire.

Lucien a poursuivi en proposant :

— On pourrait encore se donner 6 mois pour apprendre à mieux se connaître. À notre âge, on ne s'engage pas à la légère.

— Mes parents ont apprécié la franchise de Lucien, a dit Benoîte.

Après le repas, durant les échanges, Willy n'est pas resté à la salle à manger. Très déçu de voir Benoîte lui échapper et très jaloux, il est parti seul à la ferme en ruine qui lui avait servi d'abri durant de longs mois après la fin de la guerre. Ses sentiments ressemblent plutôt à de la haine. Mais, pourquoi aime-t-il autant aller se promener et rentrer dans cette ruine dont une partie risque même de s'écrouler ? Ce mystère va-t-il être dévoilé ?

Le dimanche 14 novembre 1948, Benoîte et ses parents sont invités par ceux de Lucien, au repas de midi. L'accueil est des plus chaleureux. Tenant l'épicerie du village voisin, les parents de Lucien ne connaissent pas grand-chose de la vie à la ferme, si ce n'est ce que leur raconte leur fils. Ils sont très réceptifs et ouverts au travail d'autres professions que la leur.

— Notre fils Lucien, ont dit ses parents, déjà très jeune était attiré par les animaux domestiques. Après avoir obtenu son certificat d'études, il a commencé, durant les grandes vacances, à aller à la ferme de son oncle. Il était nourri et logé. Petit à petit, il s'est formé au travail d'agriculteur. À l'époque, il n'y avait pas d'écoles d'agriculture. Mais maintenant, ce métier n'a plus de secret pour lui. Il arrive que Lucien ne revienne pas chez nous de deux ou trois semaines.

Les parents de Lucien ont raconté :

— Nous lui avons dit à plusieurs reprises :

— Tu ne vas pas rester tout seul toute ta vie. Aussi, cela fait bien 4 ou 5 mois qu'il va au bal du dimanche lorsqu'il ne travaille pas. Il y a remarqué votre fille Benoîte. Ils ont tous deux de suite sympathisé, tout en parlant de la vie à la ferme. Il la trouve à son goût, pas fière, le cœur sur la main, aimant le contact humain.

— Notre fils nous a dit, ont poursuivi les parents, qu'il va encore cheminer avec votre fille encore quelques mois.

Les parents de Benoîte et Lucien ont conclu qu'ils semblaient faits l'un pour l'autre. Ils ont accepté que les deux « tourtereaux » se rencontrent régulièrement à la maison familiale ou ailleurs durant leurs moments de loisir. Durant le repas, Lucien et Benoîte n'ont pas parlé de fiançailles, ne voulant pas brûler les étapes. Mais tous les deux, ils pensent bien qu'ils pourront s'unir par le mariage peut-être avant l'été 1949.

Chapitre 20

La vie se poursuit à la ferme

À la ferme de Joseph et Francine, avec le mois de novembre, sont arrivées les premières gelées. Les deux fermiers sont heureux que leur fille Benoîte fréquente Lucien. Ils pensent déjà avoir un deuxième gendre d'ici quelques mois. Ils se demandent s'ils vont garder leur valet, Willy, pour l'hiver, car en cette saison il y a moins de travail à la ferme jusqu'en mars-avril. Depuis début octobre, Marie et Furth se sont installés chez eux. Furth a agrandi l'écurie. Cette dernière, pourra accueillir, dès le printemps d'autres veaux sevrés ou des génisses au pré, promises par Joseph.

Furth a beaucoup de projets. Par exemple, il aimerait acquérir, avec plusieurs fermiers du village, un beau tracteur de 16 chevaux pour labourer et faire beaucoup d'autres choses. Plus tard, des accessoires pourraient y être ajoutés : une faucheuse, une faneuse, une andaineuse, une ratteleuse… Quant à Marie, comme sa mère, elle pourrait faire des fromages. Mais les vaches sont encore trop jeunes pour avoir du lait.

Furth a une autre idée, celle d'élever également des vaches blanches pour la viande. Ces vaches restent dehors, même l'hiver. Il n'y a pas besoin de les traire, mais seulement leur porter du foin, si elles n'ont pas d'herbe à manger à cause du gel, de la neige. Furth est très travailleur et entreprenant. Il projetait de développer de plus en plus sa ferme encore débutante. S'il n'y avait encore aucune vache laitière donnée par Joseph, les 6 génisses données également produiraient du lait. Marie, avec sa mère, avait appris à faire les fromages et le beurre. Elle comptait bien se lancer à son tour.

L'hiver 1949 se passa tranquillement à la ferme des parents. Joseph, était bien remis de son accident. Plusieurs médecins sont venus à la ferme. Ils se sont présentés comme faisant partie d'une commission médicale chargée d'étudier les cas de guérison à Lourdes. Les trois médecins sont restés toute une journée pour questionner surtout Joseph, mais également Francine. Ils sont repartis en indiquant que la guérison hypothétique allait être étudiée de près près. Ils ont indiqué que cela pourrait prendre plusieurs années.

— On se reverra probablement ont-ils dit :

Les familles de Lucien et Benoîte se sont rencontrées à plusieurs reprises. Toutes deux, elles espèrent qu'un éventuel mariage pourra être possible d'ici quelques mois. Les fermiers ont dit à Willy :

— Nous avons peu de travail l'hiver, on ne pourra pas vous garder.

Celui-ci est donc parti en quête d'une nouvelle embauche. En attendant, il s'est réfugié dans la ferme en ruine qui lui avait servi de maison à la fin de la guerre. Willy est resté de nombreux mois comme valet à la ferme de Joseph et Francine. Il est très jaloux du bonheur de Furth et Marie. Il convoitait Marie, mais elle lui a échappé. Il est aussi méchant. Il s'interroge pour savoir comment il pourra se venger.

Naissance des jumeaux

Les beaux jours reviennent avec le printemps 1949. Furth développe peu à peu sa ferme en augmentant le nombre des génisses. En effet, Joseph lui a remis 6 nouveaux gros veaux qui deviendront des vaches laitières.

Marie n'est pas fatiguée du tout. Sa grossesse se passe normalement. Elle en est à son 7ème mois. Si tout se passe bien, elle devrait accoucher à Montbrison fin mai ou début juin. Sa sœur Benoîte, va parfois l'aider, car elle ne peut pas faire des travaux trop pénibles à la ferme.

En ce début mai 1949, la ferme de Joseph est déjà bien sortie de sa torpeur hivernale. Après le départ de Willy, il reste seulement à la ferme : Joseph, Francine et Benoîte. En vue des travaux de l'été, Joseph le fermier a embauché un nouveau valet. Il s'agit de Lucien, le petit ami de Benoîte.

À la fin du mois de mai 1949, Marie a accouché à la maternité de Montbrison, de deux jumeaux garçons : Louis-Charles et Léon. Ce sont de beaux bébés de 2 kg 350 et de 2 kg 550. La maman (Marie) et le papa (Furth) sont très heureux ainsi que les grands-parents Joseph et Francine. Quant à Benoîte, elle est heureuse pour sa sœur. Elle pense au fond d'elle même qu'elle aussi, après son mariage avec Lucien aura un bébé.

Tous, nagent dans le bonheur après la naissance de deux petits-enfants. Début juillet, Marie et Furth ont décidé de faire baptiser les deux jumeaux, un dimanche après la messe. Après le baptême, Francine et Joseph ont invité la famille restreinte, à un repas à leur ferme, pour marquer ce joyeux évènement avec la famille. Le parrain est un ami de Furth et la marraine Benoîte. Le beau temps est de la partie. Après le repas, tout le monde, bébés compris ont pu faire une petite promenade autour de la ferme.

Les deux amoureux, Benoîte et Lucien, le nouveau valet, n'ont pas besoin d'aller loin pour se voir, car ils habitent sous le même toit. Mais, ils ont chacun leur chambre. À cette époque, avec la tradition Judéo-chrétienne, il n'est pas question d'habiter ensemble avant le mariage. La virginité s'impose encore. Cependant, le soir après le travail et après le souper, ils passaient parfois des moments ensemble. Ainsi, ils apprenaient à mieux se connaître.

Fiançailles de Benoîte et Lucien.

Benoîte et Lucien ont désiré faire des fiançailles avant le plein hiver, au début du mois de novembre 1949. Après les gros travaux de l'été, le dimanche 6 novembre, une nouvelle fois la famille a eu l'occasion de se rencontrer. Le dimanche après ma messe, le curé du village, a accepté de bénir la bague de fiançailles de Benoîte. Pour le repas de midi, Francine, a de nouveau mis les petits plats dans les grands pour cette fête familiale. Avant le dessert, Lucien a sorti de sa poche un écrin contenant une magnifique bague de fiançailles, sertie de plusieurs diamants et l'a passé au doigt de Benoîte très émue.

— Cette bague, a dit Lucien à tous les convives, est le signe visible que Benoîte et moi nous nous aimons. Nous espérons nous marier au mois de mai de l'année prochaine.

C'est dire que les jours heureux se succèdent à la ferme. Tous lèvent leur verre à la santé des deux fiancés.

— Je pense, a dit Benoîte tout émue, à mes deux frères décédés beaucoup trop tôt à cause de la guerre. Un bel avenir aurait pu s'offrir à eux. Ils ont donné leur vie pour la France. Il ne faut pas les oublier. C'est pourquoi je vous propose une minute de silence en leur mémoire.

Le lendemain, avec Lucien, ils sont allés au cimetière se recueillir sur la tombe familiale. Elle s'est rappelé que, lorsqu'elle était tout petite, les soirées passées avec son grand-père Louis et sa grand-mère Léontine. Ils lui racontaient la vie très dure à la ferme avant 1900. Cela a fait d'eux et de leurs enfants des personnes travailleuses, attachées à la terre.

À la ferme, à la mi-novembre, la neige s'est mise à tomber, mais elle n'est pas restée comme au plus gros de l'hiver en janvier-février. Benoîte et Lucien, les dimanches, vont parfois au bal. Leurs sentiments l'un pour l'autre sont toujours très forts. Mais Lucien reste le valet, même s'il est amoureux. À la ferme, il est préféré à Willy. Lucien est serviable, consciencieux, voit le travail à faire et l'exécute avec dextérité et rapidité. Par contre, le dimanche il se repose.

Quant à Benoîte, elle aide toujours sa maman pour l'intérieur de la maison. Francine fait toujours des fromages de vache à la belle saison, du printemps à l'automne. Elle accompagne parfois sa maman au marché à Montbrison. Elle maîtrise parfaitement la technique pour faire les fromages et le beurre.

Les fêtes de fin d'année arrivent à grands pas. Les deux jumeaux Louis et Léon vont avoir sept mois fin décembre 1949. Pour ce qui est de la ferme de Furth et Marie, elle prospère. Marie a fort à faire avec ses deux petits. Elle est soulagée de temps en temps par Benoîte. Cette dernière admire les enfants de sa sœur. Ils font de larges sourires jusqu'aux oreilles.

Pour le repas du jour de Noël, Francine a invité la famille. La veille, plusieurs sont allés à l'église pour la messe de minuit précédée du traditionnel « Minuit chrétien, c'est l'heure solennelle ». La chorale paroissiale a interprété plusieurs chants, dont les incontournables « Les anges dans nos campagnes » et « Il est né le Divin Enfant ».

Francine et Joseph aiment beaucoup les repas de famille. Ils maintiennent, la bonne entente et la gaieté. La nuit de Noël, il a un peu neigé, mais passez pour empêcher de sortir dehors.

Joseph s'est déguisé en père Noël et a remis à tous un petit cadeau, sans oublier les deux jumeaux. Le dimanche qui a suivi le jour de l'an, Francine a invité les proches à faire quatre heures, avec son pâté aux pommes dont elle a le secret. Marie a apporté une galette, Benoîte a acheté une bouteille de cidre. Tous ont tiré les rois. Lucien et Marie ont eu la fève. Ils ont été couronnés roi et reine d'un jour.

Mais l'hiver n'avait pas dit son dernier mot. Le 15 janvier, il est tombé plus de 20 centimètres de neige. Ce n'est pas exceptionnel dans le haut Forez à près de 900 mètres d'altitude. Les vaches sont restées à l'écurie depuis le début novembre. Avec cet épais manteau neigeux, Joseph et Lucien ont pris la pelle pour faire un passage reliant la maison d'habitation à l'écurie. Cependant une porte intérieure relie les deux.

Les jours sont très courts à cette époque de l'année. À 5 heures de l'après-midi, la nuit commence à tomber. Tous les habitants de la ferme pensent déjà à la prochaine fête familiale. Joseph et Francine vont marier leur deuxième fille au mois de mai. Dehors, il fait froid. Durant la nuit, il a encore neigé. La couche atteint maintenant près de 35 centimètres. Comme le froid est sec avec le vent du nord, le ressenti est encore plus froid. À cette époque de l'hiver, la température, parfois, peut atteindre plusieurs jours de suite moins 10°. Tous les habitants du village restent calfeutrés chez eux. Le froid vif empêche la neige de fondre.

Benoîte et Lucien, tout comme les fermiers, ont hâte que la neige fonde. Un chasse-neige, tiré par deux chevaux est bien passé dans les rues du village, mais le vent remet la neige sur la route. D'énormes congères se forment dans les fossés et débordent même sur la route. Cet hiver, il a fallu attendre la dernière semaine du mois de février pour que la neige commence à fondre. Le 15 mars, elle avait complètement fondu.

Mariage de Benoîte et Lucien : samedi 27 mai 1950

Les derniers préparatifs du mariage vont bon train. Benoîte a pu descendre à Montbrison pour essayer sa robe. Lucien attend le début du mois de mai pour aller s'acheter un costume pour le mariage. Joseph et Francine sont heureux de marier leur deuxième fille Benoîte. Depuis plusieurs semaines, ils ont rencontré les parents de Lucien : Marius et Léontine, tous deux commerçants.

Plus la date du mariage approche, plus les habitants de la ferme sont impatients. Benoîte, depuis plusieurs mois, a brodé les pièces de son trousseau : draps, taies, serviettes de toilette et de table…

À la fin du mois d'avril, Benoîte et Lucien ont rencontré de nouveau le curé du village pour la préparation au sacrement de mariage. Une dernière mise au point sera faite, deux semaines avant le mariage pour préparer les chants, les lectures… À cette époque, plusieurs chants de la messe sont encore en chant grégorien : Kyrie, gloria, credo… Les futurs mariés ont aussi choisi des chants en Français : entrée, offertoire, fin… Ils ont rencontré aussi le responsable de la chorale paroissiale. Benoîte a également choisi les fleurs pour son bouquet, qui s'accordera avec sa robe.

En ce samedi 27 mai 1950, il fait beau avec une douceur printanière, pour une grande fête à la ferme : le mariage de Benoîte et Lucien. Les fermiers ont décidé pour ce dernier mariage des filles de faire une fête encore plus grande que pour le mariage de Marie. Un photographe est arrivé de Montbrison, pour immortaliser sur papier cet évènement.

Une calèche, récemment repeinte, a été décorée. Elle est tirée par un cheval blanc. Elle a transporté les futurs mariés jusqu'à la mairie du village. À la mairie, la salle des mariages est déjà bien remplie d'invités, lorsque Benoîte et Lucien ont fait leur entrée. Benoîte avait une robe blanche magnifique et Lucien un costume gris clair très classique. Le Maire du village, un ami de la famille, après le mariage a adressé ensuite ses félicitations aux nouveaux mariés.

La cérémonie de mariage à l'église a suivi celle de la mairie. Elle a été plus longue et plus solennelle avec la messe de mariage. Les invités et les autres participants qui étaient assis se sont levés pour l'entrée de Lucien au bras de sa maman. Ils ont été suivis par Benoîte au bras de son papa Joseph. Quatre enfants d'honneur soutiennent la petite traîne de la robe de la mariée. Après le sermon de circonstance du curé a eu lieu la cérémonie du mariage. Un enfant a apporté les deux alliances disposées sur un coussin de velours. Après le traditionnel « Acceptez-vous de prendre pour époux et épouse » Lucien et Benoîte se sont passés mutuellement passés la bague au doigt, signe visible de leur union « pour le meilleur et pour le pire ». À la fin de ma messe, les deux mariés et leurs témoins ont signé le registre des mariages. Après le chant final, les participants sont sortis sur la place de l'église. Les familles sont restées encore un peu à l'intérieur de l'église.

La sortie de l'église a été solennelle, avec en tête du cortège les nouveaux mariés, suivis des familles et invités. Selon la coutume très ancienne, des enfants ont lancé du riz sur les mariés, symbole de fertilité et prospérité. Les agriculteurs du village habillés en costume traditionnel et tenant un râteau en bois ont fait une haie d'honneur aux mariés. Les cloches de l'église ont sonné à toute volée pour marquer ce mariage. Les invités et les familles se sont retrouvés dans une salle paroissiale près de l'église, pour un vin d'honneur. Les mariés et les familles se sont rendus au jardin public pour les prises de photos.

En fin d'après-midi, tous les invités se sont retrouvés pour le repas de noces à la ferme de Joseph et Francine. De grandes tables décorées ont été installées dehors, car il faisait très beau. Deux accordéonistes, durant tout le repas, ont joué des airs anciens et connus de tous, entre les plats. Le repas de fête a été préparé par des cuisinières venues à la ferme. Le pâtissier du village a réalisé une magnifique pièce montée avec une multitude de petits choux à la crème. La famille a insisté pour que Furth joue à l'accordéon et chante des airs traditionnels en allemand et en français.

Pour respecter la tradition, un meneur de jeu a proposé de faire la « jarretière » de la mariée avec des mises aux enchères. Il était déjà tard dans la nuit, lorsque les derniers invités sont partis. Quant aux deux mariés, fatigués mais nageant de bonheur, ils sont partis, un peu avant la fin, se reposer dans un lieu tenu secret.

Des amis invités, après avoir beaucoup cherché, ont fini par dénicher les nouveaux mariés. Ils leur ont porté « la gravirote ». C'est une autre tradition, selon laquelle, les jeunes cherchaient les mariés pour leur apporter « le pot de chambre ». En sortant du lit, les mariés devaient boire le contenu du pot de chambre, souvent du chocolat. Cela était censé donner de la force aux nouveaux mariés. Cette tradition marquait la fin des noces et le nouveau statut des mariés.

Après ce deuxième mariage des filles, Marie et Benoîte, la ferme est retombée dans sa tranquillité habituelle. Le dimanche a été consacré à tout ranger : tables chaises… Lucien et Benoîte sont partis quelques jours, dans un coin touristique de la région, pour leur « lune de miel ».

Chapitre 21

Retour à la vie ordinaire

Au retour de Lucien et Benoîte, au début du mois de juin, Joseph, aidé de Furth a déjà commencé les foins sans avoir attendu Lucien. Ce dernier n'est plus le valet, mais le gendre du fermier.

Joseph et Francine sont heureux du mariage de leurs deux filles. Ils vont maintenant penser à leur succession, au partage des parents avec Marie et Benoîte. Si Lucien et Benoîte désirent garder la ferme, Joseph et Francine prendront leur retraite et se retireront dans le village, pour ne pas gêner les nouveaux mariés. Joseph s'est proposé d'aider Benoîte et Lucien, en cas de besoin, surtout au début. Quant à Francine, elle désire aussi s'occuper des deux jumeaux Louis-Charles et Léon pour soulager Marie et Furth.

Dimanche 18 juin 1950, à midi, les fermiers ont invité leurs deux filles et leurs deux gendres. Au cours du repas, Benoîte et Lucien ont raconté brièvement à la famille, leurs quelques jours de lune de miel touristique. Joseph et Francine, à la fin du repas, ont dit :

— Maintenant que Marie et Benoîte sont mariées, on aimerait prendre notre retraite et partager la ferme en faisant les papiers nécessaires chez le notaire. En s'adressant à Benoîte et Lucien, les fermiers ont posé la question :

— Est-ce que les nouveaux mariés voudraient reprendre la ferme familiale ? On vous laisse réfléchir durant cet été durant quelques semaines.

— Nous préférerions, ont dit les fermiers, ne pas habiter à la ferme pour ne pas vous déranger. Il y a plusieurs appartements ou maisons de libres dans le village.

— Bien entendu, a dit Joseph, je pourrais à l'occasion aider Lucien à démarrer, s'il le désire.

— Nous ne voulons pas être à la charge de nos enfants ont affirmé les deux fermiers. Âgés de 62 et 63 ans, nous voulons profiter un peu de notre retraite. Cela fait plus de 40 ans que nous tenons la ferme, depuis 1909 exactement. Nous espérons pouvoir nous reposer. Nous n'avons pas connu le confort. L'électricité est arrivée seulement en 1932 au village. Ils ont poursuivi :

— Peut-être que Furth et Lucien voudraient se regrouper en GAEC, dans une seule ferme plus moderne que la nôtre. Les premiers tracteurs arrivent dans le village. Cela va beaucoup changer pour vous la manière de travailler la terre.

— Dans la plaine du Forez, a continué Joseph, il y a déjà une première ferme à stabulation libre. Cela va se développer. Pour vous, Lucien et Furth, c'est votre avenir. L'agriculture va faire des pas de géant en moins de 10 ans. Les fermes pourront contenir un bétail beaucoup plus important.

— Notre ferme a conclu Joseph, a besoin d'être modernisée.

Le repas s'est passé dans la bonne humeur et la gaieté. Les deux jumeaux ont dormi une grande partie de la rencontre de famille. Jusqu'à l'automne 1950, la ferme de Joseph et Francine va être très active avec les foins, les moissons, le battage et les labours.

En ce mois de juin 1950, les jours sont longs, il ne fait pas nuit avant 22 h 45. Benoîte aide Francine, depuis le mois de mai à faire des fromages. L'herbe est abondante et tendre, les vaches ont beaucoup de lait. Joseph a encore quelques génisses qui vont au pré avec les vaches laitières. Les deux hommes, Joseph et Lucien, sont debout dès le lever du jour. Ils profitent de la fraîcheur matinale pour couper l'herbe toujours à la faux. La chaleur estivale arrivant, l'herbe va sécher assez rapidement.

Avant 10 h, les deux hommes font la pause. Ils apprécient le panier préparé par Francine et apporté par Benoîte. Jusque vers 13 h, ils se remettent au travail, avant le plus gros de la chaleur de l'après-midi. Deux femmes à la maison et deux hommes au travail au pré, c'est l'idéal pour la fermière. L'après-midi, les deux femmes aident à étaler et tourner l'herbe pour la faire sécher. Mais hélas, cela n'est que du provisoire, car Lucien et Benoîte ne vont pas toujours rester. Ils vont réfléchir à la proposition des fermiers Joseph et Francine de se retirer au village pour ne pas gêner les nouveaux, s'ils reprennent la ferme familiale.

Les travaux d'été se passent dans de bonnes conditions. À la fin juin, les foins sont presque achevés. Les bottes de foin vont être rentrées à la grange. Les moissons qui vont débuter la deuxième quinzaine de juillet s'annoncent prometteuses. Les tiges de blé sont très hautes, de quoi avoir une bonne quantité de paille pour la litière des vaches à l'écurie pour l'hiver.

Au mois d'août, les gerbes commencent à être entassées sur les meules. À la fin du mois, les meules seront presque achevées.

Joseph et Francine attendent la réponse de Lucien et Benoîte concernant la succession. Ils aimeraient bien aller voir le notaire à la fin du mois de septembre. Benoîte essaie bien de persuader son mari Lucien d'accepter la ferme en héritage, tout en sachant que Marie et Furth ont droit aussi à une part de l'héritage. Joseph et Francine ont droit à une part de l'héritage.

À la ferme, on n'entend plus parler de l'ancien valet, Willy, ancien camarade de Furth. Mais, cela n'est pas forcément très bon signe. Le passé de l'ancien valet va-t-il resurgir ? Les fermiers ont bien constaté que Willy est l'opposé de Furth à tous les niveaux. Il n'est pas franc, jaloux, avec un mauvais caractère... Il est même parfois méchant. Ce dernier trait de son caractère pourrait peut-être bien resurgir. À la ferme, on l'avait un peu oublié, depuis quelques mois. Depuis son départ de chez les fermiers, il va de ferme en ferme. Mais, il n'y reste jamais bien longtemps.

En ce mois de septembre, comme de coutume, est programmé la fête du battage du blé ou autre céréale. Cela dure toute une journée. Durant ce même mois, les terres seront labourées avec toujours les paires de bœufs. Chez Marie et Furth, les deux jumeaux commencent à marcher, pour le plus grand plaisir de leurs parents.

Lors de la fête de la batteuse, Benoîte et Lucien ont dit aux fermiers qu'ils acceptaient de reprendre la ferme familiale, tout en sachant qu'avec le partage, Marie, elle-même et ses parents auraient également leur part. En attendant que le partage soit fait, les fermiers restent à la ferme, aidés de Lucien et Benoîte.

— Au printemps de l'année prochaine, en 1951, disent les fermiers, nous verrons le notaire. Joseph a reçu un courrier de Lourdes, lui indiquant que son éventuelle guérison était toujours examinée avec le plus grand soin. Mais, cela prend beaucoup de temps. La commission médicale du bureau des guérisons se réunit régulièrement tous les trimestres.

Furth et Marie montent petit à petit leur ferme. Les premières génisses ont grandi et sont devenues des vaches laitières. Marie a fort à faire avec les deux jumeaux Louis-Charles et Léon. En attendant le partage, Lucien et Benoîte restent à la ferme, ce qui arrange bien les fermiers.

L'automne arrive petit à petit. Déjà, les premières feuilles des arbres commencent à jaunir. Celles de l'érable sont de plus en plus rouges. La saison des labours a déjà débuté. Lucien s'est fait prêter par un fermier du village un tracteur de 16 chevaux avec une charrue à 3 socles. Cela laboure 3 raies en même temps. Joseph est épaté par cet engin. Le tracteur va beaucoup plus vite que sa paire de bœufs et fait 3 plus de raies en même temps.

Il n'y a qu'un seul tracteur dans le village. Plusieurs fermiers, dont Joseph, vont se grouper pour en acquérir un d'occasion qui a déjà été utilisé dans la plaine du Forez. Le prix d'un tracteur neuf est beaucoup trop élevé pour un seul agriculteur. Les passants et les promeneurs s'arrêtent et sont étonnés de la puissance d'une telle machine. Mais, les accessoires : faucheuse, faneuse, moissonneuse… seront achetées au printemps prochain. Joseph se réjouit du progrès, lui qui a toujours connu la faux à la main, les paires de bœufs... Avec le tracteur, en un jour de travail, on fait presque le travail d'une semaine avec les bœufs et on se fatigue beaucoup moins. Le tracteur fait également envie à Furth.

Lors d'un repas d'un dimanche d'octobre 1950 qui rassemble les fermiers, les filles et les gendres, Benoîte annonce à tous quelle enceinte depuis le début du mois de septembre 1950. Elle va accoucher au mois de mai 1951. Les fermiers, tout comme Lucien, sont très heureux de cette nouvelle qui permet à la famille de s'agrandir.

— En mai prochain, nous serons grands-parents pour la troisième fois, a constaté Joseph le fermier. Après les deux garçons jumeaux de Marie, Benoîte aura peut-être une fille.

— Cela ne nous dérangerait pas d'avoir une fille, dit Benoîte. De route façon, le garçon viendra bien un jour. Avec Lucien, nous aimerions avoir 3 ou 4 enfants.

Francine a repris :

— Nous, on en a bien eu 4 avec Joseph. Mais Marie, qui élève ses deux jumeaux, a bien l'intention, avec Furth, d'avoir une fille.

C'est sur ces prévisions de filles ou de garçons que se termine ce dimanche après-midi. En attendant, avec l'automne, la vie à la ferme va être moins active.

Chapitre 22

Une fin d'année mouvementée

La fin de l'année 1950, va-t-elle s'achever à la ferme, dans la tranquillité et la paix. Ce n'est pas certain du tout.

Les voisins des fermiers observent depuis quelque temps que Willy, l'ancien valet de Joseph revient régulièrement à la ferme abandonnée qui lui a servi de refuge. Inquiets, ils veulent en avoir le cœur net. Ils préviennent la gendarmerie du canton, des allées et venues un peu louches de Willy, un ancien valet de Joseph.

Un dimanche après-midi d'octobre, pendant la nuit, Willy va mettre à exécution un plan machiavélique : s'en prendre au bétail de Joseph et de Furth. Il s'introduit, au milieu de la nuit, dans la ferme de Marie et Furth, son ancien camarade. Il est jaloux de leur réussite. Il entre par surprise dans l'écurie, une seringue à la main. Il injecte un poison aux quatre plus belles vaches de Furth. Ce produit toxique va agir durant la nuit.

Le lendemain, Furth et Marie constatent avec stupeur que les quatre plus belles vaches sont couchées, inanimées sur la paille. Mais, Willy, ne se contente pas de ce seul méfait. De la même manière qu'il aimait Marie, il a été attiré par Benoîte, la deuxième fille de Joseph. Jaloux, méchant, rancunier, il n'a pas pu les conquérir. Alors, il se dirige, durant la même nuit, vers la ferme de son ancien fermier Joseph. Là, il continue la poursuite de son plan diabolique en répétant les mêmes gestes qu'à l'écurie de Joseph.

Là également, il choisit les 4 plus belles vaches de Joseph.

Avec une autre seringue, il leur injecte le même produit mortel. Ensuite, une fois son plan exécuté, il se sauve à la course jusqu'à la ferme abandonnée qu'il squatte de temps en temps. Dans sa fuite, il perd une des deux seringues.

Le lendemain, lundi matin, lorsque Joseph et Lucien entrent à l'écurie pour la traite des vaches, ils trouvent bizarre que quatre vaches restent couchées dans la paille. Ce n'est pas leur habitude. En s'approchant plus près, ils constatent qu'elles ne bougent plus. Comme à la ferme de Furth et Marie, le poison a fait le même effet.

Joseph, horrifié, s'empresse d'aller voir son gendre et lui raconte ce qui est arrivé à quatre de ses vaches, les meilleures laitières de son troupeau. Furth, attristé et en colère, lui explique ce qui lui est arrivé la même nuit, la perte de quatre vaches également. Joseph et Furth, reconnaissent que l'ancien valet, sournois, jaloux et méchant, s'est doublement vengé après avoir été renvoyé de la ferme de Joseph, et de pas avoir obtenu les faveurs de Marie et également de Benoîte qui repoussaient ses avances.

Le matin de la triste découverte, Joseph et Furth se sont rendus à la gendarmerie pour faire chacun une déposition. Les gendarmes ont longuement questionné les deux fermiers, sur les personnes de leur connaissance, les voisins, les valets… Pendant ce temps, le vétérinaire prévenu par Lucien n'a pu que constater le décès des 4 vaches dans chacune des deux fermes. Il a effectué un prélèvement sanguin sur plusieurs vaches avant de l'envoyer au laboratoire pour analyse.

À son retour, Lucien, trouve les gendarmes à la ferme de Joseph. Ils le questionnent en temps qu'ancien valet de Joseph. Des voisins également sont arrivés sur les lieux. Ils sont à leur tour questionnés par les gendarmes. Sur les indications des voisins, les gendarmes se rendent dans l'ancienne ferme abandonnée squattée encore de temps en temps par un ancien soldat allemand. Ils voient de la fumée s'échapper de la cheminée de l'ancienne ferme en ruine.

— Nous allons donner un coup d'œil à cette ruine, ont dit les gendarmes.

Les voisins interrogés ont répondu que cet homme était un valet qui était employé dans les fermes des alentours. Ils ont signalé que cet homme revenait régulièrement dans cette ancienne ferme inhabitée. Une serrure très récente ferme l'entrée du bâtiment le mieux conservé de ces ruines. Cela indique que l'occupant a la clef avec lui.

Les gendarmes rentrent dans cette masure. Il trouve un homme d'environ 30 ans, assis à la table de ce qui semblait être une ancienne cuisine. À même le sol, il y a une paillasse humide. Dans la cheminée, il y a du bois qui crépite. Les gendarmes ont interrogé longuement le valet nommé Willy. Ce dernier avait travaillé plusieurs mois à la ferme de Joseph. Les policiers s'interrogent sur cette tuerie de 8 vaches, perpétrée dans deux fermes différentes.

Dans un mauvais français, Willy, le valet, après plus de deux heures d'interrogatoire a fini par avouer que c'est bien lui, qui une nuit, s'est introduit dans les deux écuries pour empoisonner en tout 8 vaches chez deux fermiers.

— J'ai voulu me venger, a dit Willy aux gendarmes, d'avoir été mis à la porte par Joseph.

Mais la vraie raison est qu'il était jaloux du succès de Furth, son ancien camarade qui a épousé Marie. Il convoitait celle-ci, tout comme la deuxième fille de Joseph, Benoîte. Marie n'avait aucun sentiment pour Willy, pas plus que sa sœur Benoîte. Furth a été également questionné par les gendarmes, car c'était le camarade de Willy.

— Avant de partir, a dit l'un des deux gendarmes qui semblait être le supérieur, nous allons quand même fouiller cette ancienne ferme que vous occupez en toute illégalité.

Il faut dire que les gendarmes trouvent curieux que Willy ferme à clef cette ruine. C'est que sans doute il semble cacher quelque chose. Willy est resté assis à la table de la cuisine. Cela intrigue les gendarmes. Cette table est posée sur quelques planches recouvrant un carrelage rouge brique très ancien. En tirant la table et en soulevant les planches, les gendarmes ont trouvé un trou de plus de 40 cm creusé dans le sol et recouvert de terre fraîche.

— C'est bizarre cette cachette, a constaté l'un des deux gendarmes. Il a voulu en avoir le cœur net. Lui et son collègue, avec une petite pelle trouvée sur place, ils ont enlevé soigneusement la terre. À peine à 50 cm de profondeur, la pelle a touché comme un couvercle de marmite en fonte. Dans la marmite, les gendarmes ont trouvé un vrai trésor contenant des bijoux de toute sorte : bagues, bracelets, pendentifs, boucles d'oreilles… Stupéfaits, les gendarmes ont fait le rapprochement avec la grande bijouterie de Montbrison cambriolée en 1946 et dont les auteurs n'ont jamais été arrêtés.

Mais le butin caché, contient qu'une petite partie de ce qui avait été volé 5 ans plus tôt. L'un des gendarmes a sorti une paire de menottes de sa poche et les mis aux poignets de Willy. Ce dernier n'a pas trop opposé de résistance. Les gendarmes ont fait monter Willy dans leur voiture et l'ont conduit à la gendarmerie pour être interrogé longuement, sous les yeux des voisins curieux rassemblés près de l'ancienne ferme.

Ils ont interrogé Willy, une bonne partie de la nuit. De même Furth, ancien camarade de Willy, a été également entendu. Furth a nié toute implication de complicité pour le vol de bijoux à Montbrison. Après quelques brèves heures de sommeil, Willy a été réveillé. L'interrogatoire a continué avec deux autres gendarmes.

Après de nouvelles longues heures d'interrogatoire, fatigué, Willy a enfin avoué avoir participé au braquage de la grande bijouterie de Montbrison, sans pour autant en avoir été l'auteur principal. Il a affirmé avoir emporté qu'une faible partie du butin. Les bijoux volés ont été restitués au bijoutier qui a formellement reconnu être les siens. Willy avait vendu quelques pièces pour pouvoir se nourrir à la fin de la guerre. Par contre, il n'a pas voulu révéler l'identité du responsable principal du braquage, si bien que ce dernier n'a pas encore été identifié.

Willy a été transféré à Montbrison où il a été entendu par le juge. Ce dernier l'a inculpé d'empoisonnement de bétail et de vol de bijoux avec préméditation. Il lui a signifié son transfert rapide, en octobre 1951, à la prison départementale de Saint Étienne, située dans le quartier de Bizillon, 19 rue Commandant Charcot. Aujourd'hui, à la place de la prison, ont été construits des immeubles commerciaux, l'école nationale supérieure de la sécurité sociale. Cette prison ouverte en 1862 est à l'époque très vétuste. Elle sera fermée en 1968, après plus d'un siècle de fonctionnement. Il n'était pas rare d'y trouver des rats, la saleté, la promiscuité... Les prisonniers en attente d'être jugés, s'y entassaient jusqu'à parfois 3 ou 4 par cellule inconfortable. Il y avait 600 détenus pour 450 places.

Une nouvelle prison sera construite en 1968, près de Saint Étienne, à La Talaudière. Quant à la prison au centre de la ville de Roanne construite en 1793, elle sera fermée en 1990. Une nouvelle prison a été construite aux abords de Roanne. Elle a été ouverte en 1991, vers le quartier de Matel.

Willy, va rester à la prison de Saint Étienne, en attendant son procès en septembre 1952. Il risque plusieurs années de prison, même s'il n'est pas l'instigateur principal du braquage de la bijouterie. La peine sera alourdie par l'empoisonnement des 8 vaches. Elle sera assortie également d'une forte amende pour le préjudice causé aux deux fermiers, estimé à près de 70 000 francs de 1950. Chez les fermiers Joseph et Furth, c'est la stupeur. Chacun s'interroge sur les actions de Willy le malfaiteur. Durant plusieurs mois, la presse est alimentée par les méfaits de Willy. Ce dernier est appelé avec de nombreux qualificatifs méchants. Tous les habitants du village savent que Willy a été le valet de Joseph. Furth est lui aussi mal à l'aise, car il était le camarade de Willy.

Le procès de Willy a lieu en septembre 1952. La peine demandée pour Willy est de 13 ans de prison ferme pour vol en réunion, complicité de vol et bétail tué. Mais après consultation des jurés, la cour a prononcé sa sentence. Willy est condamné seulement à 8 ans de prison ferme plus une amende de 68 600 francs, et 2 ans de prison ferme en plus si l'accusé reconnu coupable n'est pas solvable. En conséquence, il devra travailler gratuitement pour rembourser ses dettes à Furth et Joseph. Le tribunal a spécifié qu'il devra quitter le secteur du haut forez pour chercher du travail à sa sortie de prison.

Willy, à son procès, a déjà fait plus d'un an de prison. Dans le meilleur des cas, il ne sortira de prison pas avant le mois d'octobre 1959.

Chapitre 23

Retour au calme après la tempête

Après le procès, à la ferme de Joseph et Francine et à celle de Furth et Marie, le calme est revenu. Ils sont satisfaits de la décision du tribunal et des peines demandées. Les fermiers ont suivi dans la presse les diverses étapes du procès. Durant ce dernier, aucune charge de complicité n'a été retenue contre Furth qui n'a pas participé au vol de bijoux et qui ignorait le contenu de la cachette de Willy dans la ferme en ruine, découvert par les gendarmes.

À la ferme de Joseph, la deuxième fille, Benoîte, a donné naissance en mai 1951 à une fille de 3 kg 125 nommée Marinette. Le papa est heureux, même s'il aurait bien voulu un garçon.

— Le fils, ce sera peut-être pour la prochaine naissance a dit Lucien.

Quant à Joseph et Francine, ils sont très heureux de ce troisième petit-enfant de la famille. Durant l'année 1951, Joseph et Francine ont trouvé une petite maison à louer dans le village. Le propriétaire accepte de faire des travaux pour un meilleur confort. Il va faire installer le chauffage central au fioul, une salle de bain et des w.c.. En conséquence, il pourrait la vendre plus cher.

En octobre 1952, enfin le partage a eu lieu. Lucien et Benoîte obtiennent en héritage la ferme familiale de Joseph et Francine, mais ils devront payer leur part à Marie et Furth ainsi qu'à Joseph et Francine. Lucien et Benoîte ont donc contracté un emprunt pour pouvoir rembourser aux deux familles. Les deux familles de Joseph et Lucien sont tombées d'accord.

Au printemps 1953 Benoîte et Lucien vont prendre possession de leur ferme tandis que Joseph et Francine en feront de même pour leur location qu'ils envisagent d'acheter dans l'avenir. Joseph a dit à Lucien :

— Si tu as besoin de moi au début, je pourrai aller te donner un coup de main à la ferme qui est maintenant la vôtre. De même, si tu as besoin de conseils, je suis à ta disposition.

Joseph et Francine disposent maintenant d'une petite maison avec 2 chambres, une grande pièce de vie avec cuisine. Un grand jardin touche la maison d'habitation. Joseph, toujours très actif, l'a déjà tout bêché. À la fin du mois de mars, il a déjà planté des oignons jaunes ainsi que des échalotes. Quant à Francine, elle garde parfois Marinette, la fille de Benoîte et Lucien.

La ferme de Lucien et Benoîte reste en l'état pour le moment. Mais, les nouveaux fermiers ont des projets plein la tête, car ils sont jeunes. Ils envisageraient bien une collaboration avec la ferme de Furth et Marie. Pourquoi pas une fusion des deux fermes, supposent les deux fermiers.

On parle de ramasser, dans les mois à venir, le lait dans les fermes. Jusqu'à présent le lait servait seulement à nourrir les veaux, à faire du fromage et du beurre. Aussi, Furth et Lucien tous deux à la pointe du progrès, sont allés dans la plaine du côté de Feurs. Ils ont découvert les premières GAEC, avec des stabulations libres. Avec l'accroissement du nombre de vaches laitières, ce mouvement gagne aussi la campagne. Il faut dire que la quantité de lait a fortement augmenté. Déjà, des coopératives laitières se mettent en place, avec le ramassage du lait en camion-citerne qui se déplace directement jusqu'à la ferme. C'est dire que les jeunes agriculteurs ne peuvent plus se contenter de quelques vaches à l'étable comme avec leurs parents.

La stabulation visitée fait beaucoup envie à Furth et Lucien. Ils ont été étonnés de la propreté de la salle de traite très moderne. Mais, dans le haut Forez, il faut encore attendre un peu, le ramassage régulier du lait va arriver rapidement, tout comme le développement des tracteurs. Ils se sont dit :

— En attendant, ne pourrions-nous pas élever des vaches blanches pour la viande, car on a beaucoup de prés. Ces vaches restent dehors pratiquement toute l'année. Au bout de 3 ans, ces vaches sont vendues pour la boucherie. On pourrait aussi vendre plus de veaux au lieu de les élever pour en faire des vaches laitières, en attendant que le lait soit ramassé. C'est plein de projets qui trottent dans leur tête.

— Pour l'instant, nous n'allons pas nous emballer, nous gardons nos deux fermes en l'état actuel.

On vendra la dernière paire de bœufs de Joseph.

Quant au cheval, il servait encore. On l'utilisait à la ratteleuse pour ramasser le foin. Pour remuer et tourner le foin, cela se faisait encore avec la traction animale. Mais pour charger le foin sur le char, on utilisait toujours la fourche en fer. Cette dernière avait remplacé la fourche en bois utilisée jusque vers 1900. Sur le char, il fallait bien empiler le foin pour qu'il reste en équilibre. Dans les plus grosses fermes, le valet passait le foin et la servante l'entassait sur le char.

En 1950, Joseph avait acheté le premier chargeur à foin du village, pour monter le foin à la grange à l'aide d'un tapis roulant. Il remplaçait la fourche. Mais, il fallait toujours une personne sur le char pour arranger le foin. Ce système n'a pas fonctionné longtemps.

En 1955, Furth et Lucien ont vu arriver le tracteur acheté à crédit qu'ils avaient commandé. Il allait être utilisé dans les deux fermes. Même, s'il n'y avait pas tous les accessoires, il allait changer la vie des fermiers. Il faisait l'admiration d'un grand nombre d'habitants du village. Avec son moteur de 16 chevaux, il ronflait et allait avantageusement remplacer les bœufs et le cheval. Les deux fermiers devaient rembourser tous les mois le crédit du tracteur. Ils élevaient des veaux pour utiliser le lait non utilisé pour les fromages. La vente des veaux aiderait en partie à payer le tracteur.

Le projet de ramassage du lait allait se concrétiser peu à peu. Mais, le grand projet des deux fermiers était de construire ensemble le hangar et la stabulation libre, avec une salle de traite moderne. Dans la commune, le camion de ramassage du lait était prévu dans quelques mois. Lucien a dit :

— Cela sera peut-être plus rentable qu'élever des veaux.

En mai 1955, la guérison de Joseph est reconnue officiellement à Lourdes comme un miracle. Cette bonne nouvelle est annoncée de manière officielle au pèlerinage de fin mai. Joseph et Francine ont été invités à ce pèlerinage. Ils ont été reçus par la presse et même la radio. Ils étaient vus comme des héros par les pèlerins.

Le projet commun de Furth et Lucien, de construire une stabulation, demande un très gros investissement. Mais auparavant, ils doivent rembourser le crédit du tracteur. Ce projet ne pourra pas se concrétiser avant 1960. En attendant, chacun des deux fermiers développe l'élevage des veaux pour les vendre ou en faire des vaches laitières.

Les fermiers ne se soucient pas de Willy. Ce dernier doit à Joseph et Furth de l'argent. En octobre 1959, Willy devrait avoir achevé sa peine de prison à Roanne où il a été transféré. Que fera-t-il à sa sortie de prison ? Comment va-t-il pouvoir rembourser son amende de 68 600 francs ? Il pourrait rembourser tous les mois une partie de l'amende, à condition qu'il trouve un fermier pour l'embaucher en dehors du haut Forez ou même du département. Sinon, sa peine de prison sera prolongée s'il n'est pas solvable. Va-t-il être chassé de France ?

Mais, revenons un peu en 1952. Joseph et Francine ont encore passé l'hiver à la ferme. Au mois de mai 1953, ils ont déménagé dans leur nouvelle petite maison dans le bourg. Elle est petite mais plus fonctionnelle que la ferme avec ses grandes pièces à chauffer.

La famille devient plus grande peu à peu. À la fin de l'année 1952, Marie a accouché d'une fille appelée Augustine. La dernière semaine du mois de juin 1953, Henri a vu le jour chez Benoîte et Lucien. À la fin du mois d'août, les deux petits ont été baptisés après la messe du dimanche. Les parrains et marraines étaient tous des membres de la famille. Toute la famille s'est réunie à la ferme pour cette occasion.

Les deux nouveaux retraités ne s'ennuient pas. Francine a aidé sa fille Benoîte après la naissance de son fils Henri. Quant à Joseph, il rend parfois service à Furth ou Lucien ses deux gendres. C'est ce dernier qui, avec Benoîte, gère l'ancienne ferme de Joseph.

Depuis le mois de septembre 1953, un camion-citerne passe tous les deux jours pour ramasser enfin le lait dans les fermes du haut Forez. Ce lait est transporté à la coopérative laitière de Montbrison. Du coup, la fourme fermière en Jasserie n'est plus fabriquée.

Pour la petite histoire, à Chalmazel, en 1905, un nommé Viallon avait construit une laiterie. Le lait était ramassé chez quelques fermiers avec le cheval et le tombereau. En 1948 et 1953, la fourme de Montbrison obtient un label de qualité pour sa fabrication ainsi que pour son affinage. Ce n'est que beaucoup plus tard, entre 2002 et 2009, que la fourme devient AOC (appellation d'origine contrôlée) et AOP (appellation d'origine protégée).

Pour les fermes de Furth et de Lucien, le ramassage du lait est une aubaine. Cela les incite à augmenter le nombre des vaches laitières. Avec l'achat du tracteur pour les deux fermes, le travail fermier est facilité. Les paires de bœufs ont été vendues.

Furth a dit :

— On va battre le blé pour la première fois avec le tracteur. Il va remplacer la locomotive pour faire tourner la batteuse. Les deux fermes de Lucien et Furth s'entraident beaucoup pour les foins, les moissons, le battage du blé, les labours…

— Notre projet de stabulation tient toujours, a remarqué Furth.

— Mais, il faudra encore plusieurs années avant qu'il puisse se réaliser, a constaté Lucien.

Les deux fermiers ont encore en mémoire la visite qu'ils ont faite dans la plaine du côté de Montrond les Bains. La stabulation d'une ferme qu'ils ont admirée leur donne envie d'en faire autant dans leur village.

Chapitre 24

Willy refait surface

Willy, celui-là, on l'avait un peu oublié toutes ces années. Depuis son procès en septembre 1952, il est resté de nombreuses années en prison.

Les années ont passé, Willy, le voleur et le tueur de bétails, a bénéficié de plusieurs remises de peine, pour bonne conduite en prison. C'est ainsi que lundi 5 octobre 1959, voilà donc que Willy franchit le portail de la prison. Le voilà devenu libre. Mais, va-t-il bénéficier de sa liberté durant longtemps ? L'avenir nous le dira.

Le juge a examiné, à plusieurs reprises la conduite exemplaire de Willy en prison.

Ainsi, durant sept ans de prison au lieu de dix, Willy est certes fatigué mais repenti. Il regrette profondément de s'être laissé entraîner pour le vol de bijoux à Montbrison. Aussi, le juge d'application des peines, le directeur de la prison, après avis des gardiens, a décidé de réduire la peine de Willy prévue de 1952 à 1962. Mais Willy a choisi de travailler dans une ferme gratuitement jusqu'à ce que montant de son amende soit complètement réglé. Le voilà décidé à repartir d'un bon pied.

Un fermier du Roannais s'est proposé de l'embaucher et de lui laisser une deuxième chance pour qu'il se réinsère dans la société. Willy, a trouvé chez ce fermier une stabulation très innovante par rapport à celles où il avait travaillé dans le haut Forez jusqu'en 1952, 7 ans avant d'être emprisonné. Willy en sortant de prison a suivi des cours d'agriculture. Il a promis au juge d'avoir un comportement irréprochable et de ne pas revenir dans le haut-Forez.

À cette époque, il n'y avait pas encore de lycées agricoles. Ces derniers ont débuté en 1960 seulement. Cependant, il y avait à l'époque des écoles régionales d'agriculture. Pour les stages pratiques, il les a effectués chez un fermier du Roannais. En 1960, il a fréquenté le premier lycée agricole de la région pour les cours.

Les deux fermes de Furth et Lucien continuent leur essor. Elles sont toutes les deux complémentaires. Au niveau des machines, elles sont utilisées par les deux fermiers. Quant au projet des deux fermiers, il suit son cours. Leur projet est toujours de construire une ferme commune, gérée comme une GAEC actuelle avec stabulation libre. En attendant, dans chacune des deux fermes le nombre de vaches laitières ne cesse d'augmenter.

À cette époque, le lait est encore la ressource principale des fermiers, en particulier depuis que le ramassage du lait est effectué. En effet, depuis 1960, le lait est collecté régulièrement à l'aide d'un camion-citerne. Il est transporté dans une laiterie qui transforme le lait en plusieurs produits : lait cru, pasteurisé, longue conservation (UHT), fromage blanc, fromage sec, fourme…

Chacune des deux fermes a maintenant une quinzaine de vaches laitières. Elles produisent chaque jour près de 400 litres de lait. Ce dernier est collecté dans un tank à lait (sorte de grande cuve en inox) en attendant le passage du camion-citerne. La culture du blé, du maïs… sert entre autres, à nourrir le bétail en complément du foin, de l'ensilage. Pour ce qui est de la trayeuse électrique en projet à la campagne du haut-Forez, depuis 1965, elle est déjà utilisée dans la plaine du Forez.

Durant ces années, il y a eu deux nouvelles naissances chez Marie et Furth. En juin 1955 est né leur 4ème enfant appelé Benoît. En juillet 1956, c'est Claude qui a vu le jour chez Benoîte et Lucien.

Chapitre 25

La ferme des années 60 : des projets en tête

L'hiver arrive de bonne heure en novembre 1959. Dès le 15, les premières gelées sont arrivées. Willy a été accueilli dans une ferme de la plaine Roannaise. Il y est logé. Il suit en alternance des cours à l'école et fait un stage pratique dans la même ferme. Cette dernière est à la pointe du progrès. Au printemps 1960, Lucien achète sa première voiture, une 2 chevaux Citroën d'occasion. Il part l'essayer dans la plaine et en profite pour visiter une ferme-pilote.

Comme par un pur hasard, c'est ce fermier qui emploie Willy. Il est son maître de stage.

— Comme c'est curieux de se retrouver, a dit Lucien à Willy.

Ce dernier, après 7 années de prison, a beaucoup maigri. À la ferme où il est stagiaire, il mange à son aise et de la bonne nourriture simple. C'est le fermier lui-même qui a fait visiter sa ferme à Lucien. Elle comporte 40 vaches laitières. Elles sont sous un hangar fermé, une stabulation libre. Les vaches y restent de la traite du soir jusqu'à celle du matin.

Lucien est enchanté de sa visite d'une ferme moderne de la plaine. À côté de la stabulation, une salle de traite mécanique a été construite, avec un grand « tank » où le lait est gardé à la bonne température. Il est refroidi dans cette citerne. Tous les matins, de bonne heure, le camion du laitier ramasse le lait. Le lait est aspiré des pis de la vache pour aller directement dans la cuve en inox. Lucien trouve cela épatant et merveilleux, lui qui fait encore la traite des vaches encore à la main.

— Je suis convaincu, dit Lucien au fermier. Cela va peut-être faire accélérer mon projet avec Furth de ferme moderne dans le haut-Forez.

— J'ai beaucoup investi pour construire la stabulation et la salle de traite, a constaté le fermier. J'ai dû acheter, toujours à crédit, un nouveau tracteur plus performant avec de nouveaux accessoires indispensables.

Lucien a répondu :

— Je ne sais pas si la banque va nous prêter assez d'argent pour construire notre future GAEC avec Furth.

Lucien est remonté dans son Forez, plein d'espoir mais soucieux et étonné d'avoir retrouvé, par un pur hasard Willy. Mais, il n'a pas parlé du passé de Willy. Son maître de stage sait seulement qu'il sort de prison et qu'il a besoin d'être réinséré dans la vie sociale. Mais, lui a-t-on dit de le surveiller après ses longues années où il a été privé de liberté ?

Lucien de retour à sa ferme a raconté ce qu'il avait vu dans la plaine.

— Vous ne devinerez jamais qui j'ai vu à la ferme-pilote que je suis allé visiter dans le Roannais.

— Nous donnons notre langue au chat ont répondu Furth et les voisins.

— J'y ai retrouvé Willy, l'ancien valet de Joseph. Il vient juste de sortir de 7 années de prison. Il est valet dans cette ferme. Il est en stage pratique à la ferme, tout en suivant une formation théorique par alternance à l'école pour préparer un diplôme d'agriculture. Je l'ai trouvé assez pâle et amaigri. Ses années de prison l'ont beaucoup marqué. Sur le moment, je ne l'ai même pas reconnu tellement il était amaigri.

À la ferme de Furth et celle de Lucien, personne ne plaint Willy, même pas son ancien camarade.

— Il a eu ce qu'il a mérité, a constaté Furth.

Mais tous n'espèrent pas le revoir après tout le mal qu'il a fait à leurs bêtes, sans parler du vol de bijoux à Montbrison. Cependant, tous espèrent qu'il se réinsère dans la vie active chez un fermier compréhensif, mais informé de son passé.

— J'espère qu'il ne fera pas d'autres bêtises, a poursuivi Furth. D'autant plus qu'il a encore une amende à nous payer, pour l'empoisonnement de nos vaches.

Le juge, au moment du délibéré, à la fin du procès de Willy en septembre 1952, avait bien précisé que Willy devrait travailler au moins deux années gratuitement pour payer son amende de 68 600 francs. Cette somme sera retenue sur son salaire de valet, jusqu'à la fin du règlement de l'amende. Willy, semble décidé à bien se conduire au travail et à l'école.

À la ferme de Furth et à celle de Lucien, le souvenir de Willy reste présent. Mais, il faut aller de l'avant et vivre au présent avec l'espoir de réaliser les projets. Cependant, ils espèrent que les vieux démons de Willy ne reviendront pas. Des projets communs Furth et Lucien n'en manquent pas. Ils sont encore plus précis depuis que Lucien a visité la ferme-pilote de la plaine.

Pour Furth et Marie qui ont 3 garçons et une fille, la relève est peut-être assurée, car deux garçons semblent intéressés par les travaux de la ferme. Quant à Lucien et Benoîte, leur aînée, Marinette a eu 8 ans. Les garçons, Henri âgé de 6 ans et Claude, âgé de 3 ans, sont beaucoup trop jeunes pour exprimer leur avenir.

Furth et Lucien ont consulté leur banquier au mois de mai 1960. Ce dernier leur a indiqué qu'il faudrait encore attendre un peu pour emprunter, les taux allant baisser. Mais, comme ils vont constitué une GAEC, cela pourrait aboutir dans quelques mois. Il leur a indiqué que le projet d'une stabulation avec salle de traite, et d'un nouveau tracteur équipé était d'un coût important. Il pourrait peut-être leur faire un prêt à rembourser sur 10 ans.

Pour ce qui est des grands-parents Joseph et Francine, âgés respectivement de 70 et 71 ans, ils habitent depuis 1953 leur petite maison. Ils n'ont pas voulu rester et habiter la ferme pour ne pas déranger. Ils sont encore tous les deux en bonne santé. Joseph, après sa guérison miraculeuse à Lourdes, n'a plus du tout de séquelles de son accident. Ils sont invités assez régulièrement chez leurs filles Marie et Benoîte qui ont chacune leur ferme. Ils gardent parfois les petits-enfants, en particulier les plus jeunes, Henri et Claude.

Les deux fermiers, Furth et Lucien, augmentent peu à peu leur nombre de vaches laitières. À cette époque, le lait se vend encore un bon prix. Ils élèvent les veaux, en pensant avoir un bon troupeau pour remplir la future stabulation. Déjà, le tracteur, acheté d'occasion, sert aux deux fermiers.

La vie dans les deux fermes est calme et sans histoire. Avec les nombreux enfants, il y a de la vie. Marie et Benoîte font toujours des fromages, mais uniquement pour leur consommation. Elles ne vont plus les vendre au marché de Montbrison, comme le faisait leur mère Francine, car le laitier ramasse le lait des deux fermes. Dans les deux fermes, on économise le plus possible, en prévision des futurs travaux. Mais, Marie a 6 bouches à nourrir. Sa sœur Benoîte, elle en nourrit 5.

En 1960, les saisons se succèdent à un rythme monotone. L'objectif pour Furth et Lucien est d'économiser le plus possible. Ils espèrent constituer une GAEC à l'été 1962 ou au printemps 1963 au plus tard. Ils ont déjà chiffré le coût de la stabulation avec la salle de traite mécanique et l'achat de nouvelles machines : tracteur moderne, remorque, épandeur à fumier, charrue moderne, tonnelet à lisier…

Ils espèrent un prêt dans deux banques différentes. En attendant, les 7 enfants des deux familles grandissent. Quant à Furth, il espère que Léon ou Louis-Charles prendra la suite après lui. À cet effet, ils les initient aux travaux des champs pour leur donner envie de s'y consacrer plus tard.

L'hiver 1960 arrive en retard cette année. Au début du mois de décembre, il n'y a pas encore eu de gelées et pas de neige. Les vaches sont encore au pré durant la journée. Cela économise la provision de foin réservée pour l'hiver. Ce dernier est parfois long et dure jusqu'à fin mars ou même jusqu'à la mi-avril.

Les deux fermes de Furth et Lucien, avec l'arrivée de période hivernale, vont commencer à vivre au ralenti. Les travaux extérieurs sont terminés. L'entretien de l'écurie et la traite des vaches sont les principaux travaux, tout comme l'évacuation du fumier avec le tapis roulant qui existe depuis peu. Les journées de beau temps, les fermiers taillent encore les haies, élaguent les arbres, vérifient l'état des clôtures. Avec les arbres coupés, ils préparent des piquets pour les clôtures.

Les bœufs ne sont plus dressés comme autrefois, car ils sont de moins en moins utilisés. Le tracteur les a remplacés. Les accessoires sont souvent prêtés par d'autres fermiers : charrue, remorque, faneuse, botteleuse pour le foin et la paille, semoir, ratteleuse… Les vaches vont rester plusieurs mois à l'étable, durant cette période hivernale où les fermes tournent au ralenti. Les provisions de foin et de paille sont utilisées. Cette dernière est utilisée pour la litière des vaches. Quant au foin, il sert de nourriture.

Furth et Lucien rêvent de plus en plus de leur future stabulation commune. Cela pourrait devenir une réalité dès 1962. Les deux jumeaux de Marie ont maintenant onze ans, ils terminent le CM2. À la rentrée scolaire, ils vont aller en classe de sixième, la grande école à Montbrison. Un car de ramassage les transportera, à l'aller comme au retour.

Chapitre 26

Une fameuse escapade des deux aînés de Furth et Marie

Léon et Louis-Charles, les fils aînés de Furth ont un intérêt pour la mécanique et la ferme. Ils ont repéré où Furth mettait la clef de contact du tracteur, lorsque leur père les faisait monter avec lui, à tour de rôle. Un dimanche après-midi, en l'absence des parents, Léon dit à son frère :

— Chiche que je démarre le tracteur tout seul.

Louis-Charles lui a répondu :

— Si tu y arrives, je te donne un gros sac de billes.

À cette époque, les garçons jouaient encore aux billes dans la cour de récréation. C'était à celui qui aurait la plus grosse bille ou la plus belle agate.

Les deux jumeaux ont attendu le départ de leurs parents en visite dans la famille. Après les avoir bien surveillés partir, ils ont mis leur plan à exécution. Le but du jeu est de démarrer le tracteur et de faire un petit tour dans le pré qui borde la maison. C'est vrai, qu'à leur âge, il arrive que les enfants fassent des bêtises. Mais le tracteur n'est pas un jouet.

Ils se sont dit :

— Aller dans le pré, ce sera plus rigolo que sur la route où nous pourrions vite y être repérés.

À cette époque, les tracteurs étaient beaucoup plus petits qu'aujourd'hui. Mais, pour un enfant de 11 ans, c'est grisant de dominer cet engin agricole. Les voilà donc tous les deux partis, fiers, hardis et inconscients comme on peut l'être à cet âge.

Le plus hardi des deux, Léon, avait dit à son frère il y a quelque temps :

— J'aimerais bien que seuls, tous les deux, on fasse une balade, un dimanche où nos parents seront absents.

— Tu crois que ce n'est pas un peu risqué, lui a répondu son frère.

Il a réussi à persuader son frère d'aller avec lui, pour mettre son plan à exécution.

Ils ont réussi à mettre en marche le tracteur et à trouver la marche arrière pour sortir le tracteur du hangar. Léon au volant, a fait les manœuvres sans problèmes. Son frère l'a guidé pour sortir du hangar. Les deux aînés sont donc juchés sur le tracteur pour une escapade. Ils ont fait plusieurs fois le tour du pré qui borde la ferme.

Soudain, Léon, tout comme son frère est terrorisé. La pédale de frein ne répond plus et celle de l'accélérateur reste bloquée. Cela pose donc deux problèmes : arrêter le tracteur, mettre au point mort pour rétrograder la vitesse. Les deux enfants sont paniqués et désespérés. Comment arrêter le tracteur après avoir ralenti sa vitesse. Ce dernier continue de faire le tour du pré à vive allure. Léon, le plus hardi, dit à son frère :

— La seule solution pour arrêter ce maudit tracteur est de trouver un obstacle qui stoppera net ce fameux engin de malheur.

Plusieurs arbres bordent le pré. Léon se dit que le plus gros des chênes fera l'affaire pour arrêter ce fou de tracteur. Le choc du tracteur sur le gros arbre a fait un très grand bruit. Un voisin se promenant dans le secteur a observé la course folle du tracteur. Il a pensé que le fermier ne travaillait jamais avec le tracteur le dimanche. Il appelle les pompiers qui arrivent rapidement sur les lieux. Ils ont vu le tracteur encore fumant encastré dans le gros chêne. Le moteur tourne encore. Les deux enfants, les passagers sont plus que choqués, mais ils n'ont pas perdu connaissance. Ils ont été avec peine, extraits du tracteur par les pompiers. L'avant du tracteur est très endommagé. Quant aux deux petits pilotes plus que téméraires, ils ont été secourus par les pompiers qui leur ont prodigué les premiers soins.

Leurs parents, Furth et Marie, rapidement prévenus par les gendarmes, sont arrivés rapidement sur le lieu de l'accident. Très commotionnés, Léon et Louis-Charles ont été conduits par les sapeurs-pompiers à l'hôpital pour observation.

Furth et Marie sont furieux et en colère. Quand ils ont vu l'état du tracteur utilisé pour les deux fermes, ils se sont dit que leurs fils auraient certainement assez de mal. Lucien, qui se servait également du tracteur, était désolé pour cet accident. Il a demandé comment allaient les deux jumeaux. Pour lui, ce jeu d'enfant avait tourné au drame.

Les deux enfants, choqués, ont été de suite pris en charge par l'hôpital. Les parents ont appris par l'hôpital que Léon, « le conducteur » du tracteur, a eu un problème à une jambe, probablement une fracture décelée à la radiographie. Quant à Louis-Charles, « le passager », aussi choqué, il s'en est tiré seulement avec des égratignures au visage et aux jambes.

Quelques jours après, les deux enfants sont revenus à leur maison. Léon avait une jambe plâtrée. Ils ont juré à leurs parents, qu'ils ne toucheraient plus au tracteur ou tout autre engin de la ferme, sans être avec leur père. Malgré tout, il leur faudra encore attendre plusieurs années avant d'aider leur père à la ferme.

Léon, pendant 4 ou 5 semaines, devra garder sa jambe plâtrée. Physiquement, les deux enfants s'en sont pas trop mal tirés, cela aurait pu être pire : traumatisme crânien, fractures multiples… Mais, moralement ils ont eu la peur de leur vie. Tous les deux, ils ont été punis sévèrement par leurs parents.

Pour ce qui du tracteur, il a été plutôt endommagé. Il n'est peut-être pas réparable. Les deux fermiers, Furth et Lucien sont assez inquiets. Ils l'avaient acheté d'occasion dans la plaine du Forez à un fermier qui modernisait sa ferme. Ils se demandaient si leur assurance tous risques allait prendre en charge les réparations. De toute façon, ils avaient prévu d'en acheter un neuf, lors de la construction d'une ferme commune constituée en GAEC.

Les deux fermiers se demandent même s'il est réparable. De toute façon, arrivant déjà au printemps 1961, il fallait en trouver un de remplacement rapidement. Un agriculteur du village est venu voir le tracteur accidenté. Lui-même avait un tracteur du même modèle et avait des notions de mécanique et de carrosserie. Il a trouvé que la carrosserie était bien endommagée, mais que la partie mécanique n'était pas trop abîmée.

Dans la plaine du Forez, les agriculteurs avaient de grandes étendues plates à cultiver. Aussi, ils changeaient régulièrement de tracteur. Voilà que Furth et Lucien parcourent les grandes fermes en quête d'une éventuelle bonne occasion. Par chance, peut-être trouveraient-ils le même modèle, inutilisé mais fonctionnant encore pour quelques mois ou pour une ou deux années. Avec une chance inouïe, après avoir demandé sans succès dans plusieurs fermes, ils en ont essayé une dernière. Dans celle-ci, ils ont trouvé exactement le même modèle de tracteur ayant beaucoup servi, mais encore en état de marche. Il pourrait dépanner nos deux fermiers. L'agriculteur leur a dit :

— Je peux vous le céder pour une somme très modique.

Furth et Lucien ont répondu :

— Il nous faut un tracteur de suite. Le nôtre a été accidenté et nous n'avons pas les moyens d'en acheter un neuf avant deux à trois ans. Nous sommes d'accord.

— Le vendeur est d'accord pour céder l'engin. Je vais le nettoyer un peu ces jours-ci et mettre un peu de carburant. D'ici une semaine vous pourrez venir le chercher.

Furth et Lucien, contents d'avoir fait une bonne affaire, sont remontés dans leur village.

Les deux fils de Furth, Léon et Louis-Charles ont été heureux de voir leur père arriver. Ce dernier leur a dit :

— Avec Lucien, j'ai trouvé un nouveau tracteur dans la plaine.

Pour se faire pardonner, les deux enfants ont dit à leur père :

Papa, on te demande encore pardon pour le tracteur que nous avons endommagé. Tous les deux, nous te promettons, durant toutes les grandes vacances de juillet août de t'aider.

Mais pour l'instant Léon a toujours la jambe plâtrée. Cependant, il ne manque pas l'école pour autant. Ces derniers temps, il se plaint d'une douleur à la jambe qui est plâtrée. Son genou de la même jambe est un peu enflé. Sur les conseils de son médecin, Léon est reparti à l'hôpital pour un contrôle du plâtre. Le médecin hospitalier a constaté que ce dernier était trop serré. Cela explique que le genou et le pied soient enflés. On lui a mis un plâtre moins serré. Il devra le garder encore trois semaines avant que l'os de la jambe soit bien consolidé.

Au terme de ce délai, Léon est revenu à l'hôpital pour faire enlever son plâtre et passer une radiographie. Le médecin a relevé une anomalie dans la reconstruction de l'os fracturé. La formation de ses os n'étant pas encore achevée, le chirurgien n'a pas voulu mettre en place une plaque vissée. Cela ne peut se faire qu'à l'âge adulte. Il devra donc attendre que l'os fracturé reprenne une bonne position et se recalcifie normalement. Léon en attendant doit porter une gouttière plâtrée pour la marche. Il espère que son exploit avec son frère n'aura pas trop de conséquences.

Finalement, l'assurance ayant fonctionné, Lucien a pu faire réparer le tracteur accidenté. Cela a pris plusieurs semaines. Et comme ils en avaient commandé un dans la plaine, les deux fermiers ont maintenu leur commande. Ainsi, chacun des fermiers aura son tracteur. Ils veulent faire le moins de frais possible, car ils ont toujours en vue de réaliser leur projet commun de faire une seule ferme moderne en 1963 ou 1964. Ils attendent la réponse de deux banquiers au niveau des prêts possibles et l'autorisation de faire une GAEC.

Willy, après la fin de son stage, a réussi l'examen agricole qu'il préparait. À la fin du mois de mai, il va recevoir son premier salaire. Comme tous les mois, il servira à payer l'amende du tribunal. Cela pourra durer plusieurs années, peut-être trois ou quatre.

Cependant, en plus d'être nourri et logé, il aura droit à un peu d'argent de poche. Son maître de stage a accepté de l'embaucher à sa ferme.

En ce début du mois de mai, les prés ont beaucoup reverdi. Après le dur hiver, les vaches ont été mises au pré.

Cependant, Léon ne peut pas encore marcher normalement. Furth et Marie se font du souci pour lui. À la hauteur de la fracture, ses parents ont remarqué une rougeur avec une petite infection. De cette zone infectée s'échappe un peu de pus. Le médecin consulté, envoi de nouveau Léon à l'hôpital. Après plusieurs radios, le médecin constate que l'os de la jambe n'est toujours pas ressoudé. L'origine de cette infection n'est pas établie avec précision.

Le médecin a envoyé Léon à Saint Étienne pour consulter un spécialiste. Après des examens plus approfondis qu'à Montbrison, ce dernier a diagnostiqué une ostéite, inflammation de l'os au niveau de la fracture. Cela forme une sorte de fistule extérieure. Léon est resté en observation en service de chirurgie pour soigner l'infection. Il a toujours un pansement à la jambe. Il est refait tous les jours. Le médecin est surpris de ce genre de complications. Il ne peut survenir qu'après une intervention chirurgicale, si un microbe a pénétré sur l'os de la jambe. Léon n'a pas été opéré car ses os ne sont pas définitivement formés. Cela rend impossible la mise d'une plaque métallique pour aider l'os à se reformer.

En juin 1961, les foins ont débuté dans les deux fermes de Furth et de Lucien. Marie et Furth se font beaucoup de soucis pour la jambe de leur fils Léon. Ce dernier reste toujours hospitalisé à Saint Étienne. On lui administre un traitement antibiotique à haute dose pour détruire le microbe qui s'est introduit dans sa jambe. Il est pris en charge attentivement par tout le personnel du service de chirurgie.

Avant de réaliser une éventuelle intervention chirurgicale, le chirurgien attend les effets de l'antibiothérapie. Si celle-ci ne donnait aucun résultat, il faudrait probablement envisager l'intervention chirurgicale sur la jambe de Léon. Ce dernier commence à regretter sérieusement son escapade en tracteur avec son frère.

Les frères et sœurs de Léon sont inquiets, tout comme ses parents. Louis-Charles, le frère jumeau de Léon, se sent un peu coupable, car c'est lui qui a entraîné son frère à faire la fameuse balade en tracteur, en l'absence de ses parents. Tous pensent que Léon sera vite remis de sa fracture de jambe. Mais, plus le temps passe, plus son frère a du remords. Il ne sait pas quoi faire pour se faire pardonner de ses parents.

Les travaux d'été ont débuté dans les deux fermes. Ils se passent normalement. Les veaux de l'année ont été mis au pré, car ils sont sevrés. Petit à petit, le nombre de vaches laitières augmente. Le lait collecté par le laitier est assez bien payé. À cette époque, les fermiers n'élèvent pas encore de vaches blanches pour la viande, comme cela se pratique de plus en plus aujourd'hui. Au mois de juillet, les moissons ont donné un bon rendement.

Chaque année, après le battage, les sacs de blé sont portés au moulin. Une grande partie du blé moulu sert à l'alimentation du bétail. La meilleure qualité de farine sert à fabriquer le pain une fois par mois, dans le four de la ferme de Lucien et Benoîte.

Léon, reste en observation et en traitement à l'hôpital de Saint Étienne. Il est d'autant plus inquiet, tout comme ses parents, qu'à l'hôpital, il a attrapé un microbe supplémentaire, le staphylocoque doré bien connu et redouté des médecins et des équipes de soins.

En ce mois de juillet, Léon se demande s'il pourra retourner au collège au mois de septembre. Pour l'instant, sa fracture de jambe est soignée, tout comme le microbe doré, à l'aide d'une antibiothérapie à haute dose en perfusion. Il souffre aussi de la chaleur estivale à l'hôpital. Il aimerait bien retourner à la ferme de ses parents. Cela le chagrine beaucoup. Il a de nombreuses visites, en particulier le dimanche : parents, frères et sœurs, camarades de classe...

Joseph, le grand-père guéri à Lourdes en mai 1948, dit à son gendre Furth :

— Si, au mois d'octobre Léon pouvait aller à Lourdes, au pèlerinage du rosaire, je serais content de l'accompagner.

— Cela serait possible à condition que les médecins le laissent partir. Ce n'est pas certain.

— Avec Marie, je vais en parler au médecin responsable du service, a dit Joseph.

Le médecin consulté ne voit pas d'objection à ce que Léon parte à Lourdes avec son grand-père s'il peut recevoir des soins sur place.

Chapitre 27

Pèlerinage de Léon à Lourdes

Après avoir consulté par téléphone les médecins du sanctuaire de Lourdes, les parents de Léon ont dit :

— De toute façon, le pèlerinage à Lourdes ne pourra pas faire de mal à Léon âgé de 12 ans.

Cependant, les parents de Léon sont très inquiets sur sa scolarité au collège de Montbrison. Au début du mois de septembre 1961, Léon n'a pas pu reprendre les cours. Normalement, il aurait dû rentrer en classe de cinquième.

Joseph, le grand-père, est très confiant et heureux d'accompagner son petit-fils à Lourdes. Il espère que revenant du sanctuaire marial, l'état de la jambe de Léon va aller en s'améliorant. Il a une très grande foi ainsi qu'une très grande dévotion à Marie, lui qui a été guéri à Lourdes. Il essaie de transmettre à son petit-fils sa très grande confiance à Marie.

Pour faciliter ses déplacements à Lourdes, Léon est en fauteuil roulant. Marcher avec deux béquilles serait trop pénible pour lui. Il sera accompagné durant le pèlerinage par un brancardier. Quant à Joseph, âgé de 71 ans, il est usé par les travaux de la ferme. Il n'a pas assez de forces pour conduire son petit-fils lors des nombreux déplacements. Cependant, Joseph et sa femme Francine suivent Léon tout au cours du pèlerinage.

Léon a des pansements tous les jours dans le pavillon médicalisé du sanctuaire marial. Francine, la grand-mère a également une très grande dévotion et une très grande confiance en la Vierge Marie. C'est pour cela qu'elle a tenu à accompagner Joseph et son petit-fils Léon pour ce temps fort qu'est le pèlerinage du Rosaire. Elle fait également ce nouveau pèlerinage, pour remercier Marie de la guérison de son mari, quelques années plutôt.

Léon a fait de nombreuses connaissances à Lourdes, de jeunes parfois plus malades que lui. Il a vu plusieurs enfants de son âge, paralysés, en fauteuil roulant, à cause d'accidents, de maladies génétiques… Pour Léon, faire des prières de louange à la Sainte Vierge, ce n'est pas son habitude. Mais, depuis son accident de tracteur, il avait mûri et changé de comportement. Aussi, il n'avait pas osé refuser d'accompagner ses deux grands-parents à Lourdes. Il s'est dit que la Sainte Vierge qui avait guéri son grand-père, pouvait peut-être en faire autant pour lui.

Léon, avait bien été au catéchisme dans sa paroisse du haut Forez, mais depuis, il n'éprouvait pas le besoin de prier, sauf la prière du soir en famille, tradition de ses grands-parents maintenue par ses parents en particulier par sa maman Marie.

Dans les familles très pratiquantes du village, les grands-parents faisaient également en famille, la prière du matin et avant les repas de midi et du soir. Léon tout jeune se rappelle que ses grands-parents, le matin, offraient à Dieu leur journée devant une grande image du Sacré Cœur de Jésus vénérée comme une icône. Il se rappelle encore aujourd'hui de la formulation de leur prière :

« Divin cœur de Jésus, je vous offre par le cœur immaculé de Marie, mes actions, mes joies et mes peines de ce jour, en réparation de mes offenses et à toutes les intentions pour lesquelles vous vous immolez continuellement sur l'autel. Je vous les offre en particulier pour… telle ou telle intention, pour demander une grâce ou remercier pour une grâce obtenue ».

Pour Léon, ce pèlerinage le changeait beaucoup de l'atmosphère de l'hôpital. À Lourdes, il rencontrait toutes sortes de malades aux niveaux physiques, psychiques... Ils étaient croyants, incroyants, athées…

Mais tous avaient au fond d'eux-mêmes le désir de moins souffrir. Certains priaient pour demander leur guérison. Joseph et Francine priaient pour remercier Marie d'avoir guéri Joseph. Léon avait remarqué la très grande dévotion à Marie de ses grands-parents et leur grande foi en Dieu. En octobre, il n'était pas revenu au collège. Il s'était dit :

— Aller à Lourdes, cela me fera peut-être pas de mal et me changera les idées et me fera peut-être du bien. Même si prier n'était pas « sa tasse de thé », il s'est laissé prendre au jeu. Petit à petit, il s'est laissé porter par la ferveur collective de la foule. Il s'est dit en lui-même :

— Peut-être qu'avec un peu de chance, lui aussi pourrait, comme grand-père, revenir du pèlerinage en meilleure santé. À cet effet, je vais mieux m'appliquer dans les prières, au fil des jours, les offices religieux, les nombreux chapelets récités, les processions aux flambeaux, les chemins de croix… Il admirait la piété de ses grands-parents. Ces derniers leur ont transmis leur goût de la prière de louange et de demande.

Comme les autres malades, Léon, a été plongé dans l'eau de la piscine miraculeuse. Même confiant, il n'a pas éprouvé de sensations particulières à la sortie du bain. Joseph et Francine voyaient leur petit-fils Léon plusieurs fois par jour. Ce dernier était pris en charge par un brancardier. La plupart du temps, Léon restait avec les autres malades.

Le pèlerinage du Rosaire en ce mois d'octobre 1961 touche à sa fin. Joseph et Francine ont beaucoup prié la Sainte Vierge Marie, pour que la santé de Léon s'améliore. Ils ont également fait des prières de remerciements pour la guérison de Joseph obtenue, il y a quelques années plus tôt.

Pour le retour de Lourdes, le train des malades a laissé Léon et ses grands-parents à la gare de Saint Étienne Chateaucreux. Furth est venu les chercher pour les ramener au village du haut-Forez.

Léon pour le pèlerinage était en fauteuil roulant, mais à la ferme il a repris ses deux béquilles pour se déplacer. Il a toujours des pansements à la jambe, mais l'écoulement de pus semble diminuer. À son retour de Lourdes, Léon a passé de nouvelles radiographies. Au niveau de la fracture de la jambe, l'os semble bien se consolider. Cela étonne beaucoup le médecin de l'hôpital de Montbrison.

Si l'amélioration se prolonge réellement, Léon pourra peut-être continuer sa scolarité en classe de cinquième avec cependant un peu de retard au mois de novembre.

L'infirmière libérale qui vient refaire les pansements de Léon est assez surprise de l'état de sa jambe. Le médecin de famille du village est très croyant comme Marie et Furth. Il reconnaît, lui aussi, que le mieux de l'état de la jambe de Léon ne s'explique pas en médecine. Il explique que la très grande foi des parents et grands – parents pourrait expliquer l'amélioration de l'état de la jambe de Léon.

Après quelques jours, Léon a laissé ses deux béquilles de côté, il marche presque normalement. Le médecin de famille a jugé que Léon pouvait reprendre ses cours au collège. Un de ses camarades du village lui a proposé de l'aider pour rattraper les cours manqués.

C'est ainsi que Léon, âgé de 12 ans, a repris sa scolarité lundi 6 novembre 1961, au collège. Il a été très content de retrouver les camarades qui étaient en sixième avec lui et qui étaient passés en classe de cinquième. Ces derniers n'ont pas manqué de lui poser des questions sur sa santé, sa jambe, son pèlerinage à Lourdes... Ils sont assez septiques quant à la guérison de sa jambe.

Dimanche 5 novembre, Marie, la maman de Léon a invité Joseph et Francine, Benoîte et Lucien, pour fêter l'amélioration de l'état de santé de Léon, suite à son accident de tracteur, quelques mois plutôt. Cela a permis de réunir les trois familles avec les 7 enfants.

Le repas de famille a été très convivial. Au menu, Marie avait préparé des produits de la ferme assaisonnés avec soin. Cependant, pour le dessert, elle avait commandé à la pâtisserie deux tartes.

Au moment du dessert, Joseph, le grand-père, s'est levé de table pour dire un petit mot aux invités. Il a indiqué la raison de cette réunion de famille : fêter l'amélioration de la santé de Léon, son petit-fils. Il en profite pour rappeler que lui-même, quelques années auparavant, avait obtenu sa guérison miraculeuse à Lourdes, grâce à sa très grande foi et celle de Francine sa femme. Il a dit :

— En octobre, je suis retourné à Lourdes avec Francine, pour remercier la Vierge Marie de m'avoir guéri. Francine, elle aussi, durant notre pèlerinage a beaucoup prié en demandant que la santé de Léon s'améliore. Est-ce que la Sainte Vierge a écouté sa demande, je ne sais pas. Ce que nous constatons c'est que la jambe de Léon va beaucoup mieux depuis le retour de notre pèlerinage. Léon a remercié chaleureusement ses grands-parents Joseph et Francine pour leur aide en priant et en implorant la Vierge à Lourdes pour qu'il aille mieux. Devant tous les invités, Léon a dit :

— Je remercie vivement pépé et mémé. Sans leurs prières ferventes, je crois bien qu'aujourd'hui je marcherai encore avec deux béquilles et que je ne pourrai pas reprendre les cours au collège.

— Nous n'avons fait que notre devoir, ont répondu les 2 grands-parents, les larmes aux yeux. Ils ont été applaudis longuement par toutes les personnes à table.

Tous les convives ont levé leur verre à la santé retrouvée de Léon. Quant à Furth, il n'a pas oublié son accordéon. Il a mis de l'ambiance en cette fin de repas en musique et en chansons. Cela s'est prolongé une bonne partie de l'après-midi.

Le goût de Léon pour la ferme pour le travail à la ferme existe toujours. Son père Furth va, malgré l'accident, continuer à l'initier aux outils et aux travaux de la ferme.

L'année 1961 se termine dans la joie collective. Les fêtes de fin d'années, Noël et jour de l'an se sont bien passées. Pour Lucien et Furth, l'année qui débute est pleine d'espoir pour la réalisation de leurs projets communs. L'année 1962, pour les deux fermiers, ne passe pas assez vite, car ils ont hâte que les deux banquiers leur accordent les prêts nécessaires pour réaliser leurs travaux.

Chapitre 28

Réalisation des projets de Furth et Lucien

Chez les deux fermiers, l'année 1962 se déroule dans une attente fébrile. Au mois de juin, Lucien et Furth ont été convoqués par les deux banques. La direction de ces dernières leur a annoncé que leurs prêts allaient être accordés avant la fin de l'année 1962.

Ils ont rempli les nombreux papiers nécessaires pour l'établissement des prêts. Le plan d'amortissement va démarrer au début de l'année 1963. Le remboursement va durer de 15 à 20 ans selon les banques. C'est dire que les deux associés en GAEC, Lucien et Furth, vont s'endetter pour un bon nombre d'années pour réaliser leurs projets communs.

Mais, avec l'hiver qui dure parfois longtemps dans le haut Forez, les travaux ne pourront pas commencer avant la fin d'avril 1963. Cependant, il faut éviter les grosses chaleurs de l'été en août. Les deux fermiers ont déjà retenu les diverses entreprises.

Après un hiver surtout rude en janvier et février, le printemps 1963 s'annonce assez clément. S'il ne gèle pas, les travaux pourront débuter. Les nuits de la fin mars, il ne gèle plus. La neige a fondu. Le terrassement a pu se faire sans trop de difficultés. Début avril 1963, des engins sont arrivés pour niveler le terrain un peu en pente. Ils ont décapé et entassé la bonne terre végétale sur un côté un peu à l'écart. Les engins ont tourné durant deux jours pour aplanir le terrain rectangulaire sur près de 2000 m². Les fouilles terminées, les maçons ont pu commencer le ciment pour remplir les fouilles pour une bonne assise du bâtiment. De plusieurs trous creusés, de la ferraille dépasse du sol. Remplis de béton, ils supporteront l'assise des gros piliers en métal.

La charpente sera très haute et entièrement métallique. La toiture comportera des éléments transparents pour apporter de la lumière naturelle. Sous la toiture, il y aura une bonne isolation et une aération, car les hivers sont froids dans ce village perché du haut-Forez.

Le bâtiment est composé de trois parties. La plus grande sera réservée aux 50 vaches laitières que comportera la stabulation libre. Une deuxième partie servira de stockage du foin et de la paille. Enfin, dans un angle, une troisième partie sera occupée par une salle de traite avec des trayeuses mécaniques. Le lait sera collecté dans deux cuves en inox. Le laitier passe dans les fermes tous les deux jours pour le ramassage du lait. À cette époque, le lait est encore bien payé aux agriculteurs. Des tuyaux seront installés pour acheminer le lait des trayeuses vers les cuves.

À l'extérieur des bâtiments, divers casiers en ciment vont être aménagés pour entasser les produits d'ensilage comme l'herbe ou le maïs.

Le fumier est évacué mécaniquement à l'extérieur de la stabulation. Quant au lisier (jus du fumier), il sera recueilli dans un grand bassin à l'extérieur de la stabulation. Il servira à fumer les prés et les terres agricoles.

Les voisins de la nouvelle stabulation du village s'arrêtent parfois pour regarder l'évolution de la construction nouvelle. Furth et Lucien surveillent l'évolution des travaux. Les ouvriers s'activent, profitant du temps favorable. L'entreprise engagée a promis que les travaux seraient achevés avant les grosses chaleurs estivales.

Un nouveau tracteur a été commandé à la fin de l'année 1962. Il sera plus performant et sera livré avec plusieurs accessoires : remorque, charrue à plusieurs socles, faucheuse, faneuse, moissonneuse, semoir, herses, épandeur à fumier, citerne à lisier... Les premières moissonneuses-batteuses ne sont pas encore arrivées.

Elles sont déjà utilisées dans la plaine. Comme les ensileuses, elles vont arriver aussi sur les hauteurs dans quelques mois.

En attendant que la nouvelle ferme commune soit achevée, Furth et Lucien s'occupent de leur propre ferme. Avec leur GAEC, ils se sont endettés pour de nombreuses années. Les autres agriculteurs du village sont un peu jaloux et perplexes. Ils sont habitués à leur petite ferme traditionnelle et redoutent le modernisme. Ils n'osent pas encore se lancer à leur tour. Ils attendent de voir le fonctionnement de cette nouvelle ferme-pilote. Cela va peut-être leur donner des idées. Mais ils redoutent aussi de s'associer avec d'autres agriculteurs pour produire avec un meilleur rendement : en lait, en blé, fourrage…

Bien que les premières ensileuses soient seulement arrivées dans la plaine, Furth et Lucien ont prévu, sur un côté extérieur des bâtiments plusieurs grands casiers cimentés avec des séparations pour recueillir les produits à ensiler.

Surtout le dimanche, la ferme-pilote en construction attire des promeneurs du village et des villages voisins. À l'époque, il fallait oser se lancer, sans avoir peur de l'avenir. Furth et Lucien avaient de l'ambition. Pour eux, les petites fermes avec quelques vaches ne pourraient pas tenir, il fallait voir plus grand et suivre le mouvement débuté dans la plaine : se moderniser, s'agrandir pour être plus performant. Aujourd'hui, on trouve normal dans les villages d'avoir plusieurs fermes avec stabulation. Les GAEC se propagent, même dans les petits villages du Forez. Cependant, se regrouper pour produire plus, ne s'accompagne peut-être pas toujours d'une meilleure qualité des produits. Les terrains sont forcés à produire toujours plus et plus rapidement qu'autrefois. C'est la rançon du progrès. La culture bio, même si elle continue à se développer, ne pourra peut-être pas dans l'avenir rivaliser avec la culture intensive.

À la fin du mois de juin 1963, Léon a 14 ans. Il est bien remis de son accident de tracteur. Il a pu passer son BEPC. Ses parents l'ont inscrit à l'école d'agriculture de la plaine, en vue de préparer le CAP d'agriculture et le brevet agricole.

Les travaux de la stabulation avancent d'un bon pas. Avec l'arrivée de l'été, les ouvriers bénéficient de longues journées. Cela permet de réaliser la dalle de béton de plusieurs centimètres d'épaisseur.

À cette époque, les « toupies » pour le béton sont très peu répandues. Il a fallu faire le ciment avec la bétonnière et transporter le mortier avec des brouettes. Furth et Lucien utilisent également le godet du tracteur.

Des tiges métalliques sont noyées en partie dans la couche de béton. Elles dépassent des poutrelles en fer. Sur ces poutres seront vissés les montants métalliques qui vont constituer l'ossature de la construction de la stabulation. La toiture, elle aussi, est constituée de poutrelles métalliques vissées aux montants. Le toit est constitué de plaques de fibrociment. Ce matériau est aujourd'hui interdit car il contient de l'amiante, produit jugé cancérigène. Les parois sont également habillées de grandes plaques. Aujourd'hui, les stabulations sont mieux isolées.

En cette fin de septembre la stabulation de Furth et Lucien, est presque achevée. Les deux fermiers hésitent cependant à mettre le bétail dans la nouvelle construction avant l'hiver. Ils ont dit :

— Les vaches seront mieux au chaud pour l'hiver dans nos deux écuries. Nous préférons attendre le printemps de l'année prochaine pour installer le bétail dans la nouvelle construction. Léon, avec son BEPC en poche va pouvoir entrer à l'école d'agriculture. Il est inscrit pour l'année scolaire 1963-1964.

Quant à Willy, lui le méchant de l'histoire, qu'est-il devenu ? Il a fait de la prison durant de nombreuses années. Après avoir fait la une des journaux locaux du Forez en septembre 1952, pour vol de bijoux, bétail tué... il se fait oublier pour le moment. Depuis plusieurs années, il travaille dans une ferme de la plaine du Forez après avoir obtenu son diplôme d'agriculture. Il travaille pour payer sa dette de 68 600 francs. Ses vieux démons vont-ils revenir et le pousser à commettre d'autres méfaits ? Ce serait étonnant qu'on n'entende plus parler de lui dans l'avenir. Le méchant va-t-il devenir bon ? Ce serait étonnant. En tout cas l'avenir nous le dira. Comme dit le proverbe : « chasser le naturel, il revient au galop ».

Pour revenir à Furth et Lucien, l'automne est mis à profit pour peaufiner la stabulation en attendant l'hiver assez rude, avec le froid et la neige qui ne permettent pas de faire des travaux.

Chacun des deux fermiers aide l'autre. En attendant, ils se préparent à faire la traditionnelle fête du battage du blé. Comme de coutume, c'est une vraie fête. Les voisins viennent aider les femmes Marie et Benoîte, pour préparer le casse-croûte et le repas.

Lundi matin, 23 septembre1963, à 8 heures du matin, la, batteuse est entrée en action. À 11 h 30, elle s'est arrêtée pour la pause casse-croûte avec charcuterie et autres produits de la ferme, fruits, fromages... Mais, la journée n'est pas terminée. À 12 h 45, tout le monde est de nouveau à son poste de travail pour la deuxième partie du battage.

En cette fin d'été, il fait encore assez chaud. Ceux qui sont sur la batteuse pour couper les liens et étaler les gerbes sont montés avec des bouteilles d'eau, car ils respirent la poussière, tout comme ceux qui sont derrière la batteuse pour le remplissage des sacs.

À 15 heures, une deuxième pause a permis à tous de se désaltérer tant en dégustant le délicieux pâté aux pommes préparé par Francine et Marie. Au bout d'une bonne demi-heure, il a bien fallu se remettre à la tâche pour terminer le battage. Les hommes les plus costauds portent sur leurs épaules les lourds sacs de blé. Ils sont rassemblés dans une pièce de la ferme, en attendant d'être portés régulièrement au moulin, pour faire la farine qui servira à faire le pain et pour donner au bétail : cochons, sous forme de son… Les poules, elles adorent les grains de blé.

Vers 17 h 30 -18 h, la sirène a retenti, annonçant la fin du battage. Le silence est revenu à la ferme après une journée passée avec le ronronnement de la batteuse. Après avoir tout rangé, tous les ouvriers se sont mis à table pour le repas précédé d'un apéritif. Le repas a comporté plusieurs produits de la ferme, préparés par les femmes.

Benoîte faisait encore des fromages mais seulement pour la consommation de la ferme. Depuis que le lait est ramassé à la ferme, tous les deux jours pour la coopérative laitière, elle ne va plus vendre de fromages au grand marché de Montbrison, comme le faisait sa maman.

Joseph et Francine aident aussi pour la fête du battage. Ils aiment retrouver leurs 7 petits-enfants. Les enfants de Marie et Furth ont 14 ans pour Louis-Charles et Léon, 11 ans pour Augustine et 8 ans pour Benoît. Les enfants de Benoîte et Lucien ont 12 ans pour Marinette, 10 ans pour Henri et 7 ans pour Claude.

Parmi les garçons, seul Léon sait bien le métier qu'il veut faire : agriculteur. Après avoir terminé ses études d'agriculture, il pourrait peut-être aider Furth et Lucien à la nouvelle ferme. Quant à son frère Louis-Charles, c'est plutôt un intellectuel. Après le BEPC, il veut continuer dans l'enseignement secondaire pour aller peut-être jusqu'au baccalauréat. Il désirerait être instituteur, mais ses préférences ont le temps de changer en prenant de l'âge. Quant aux autres, Marinette voudrait être coiffeuse. Les autres n'ont pas d'idée précise.

La fête de la batteuse s'est déroulée avec plusieurs chants, dont certains en patois local. Furth, à la demande générale, est allé chercher son accordéon pour accompagner les chansons. Lui-même en a chanté plusieurs. Cette fête qui se renouvelle chaque année en automne marque la fin des gros travaux agricoles des fermes.

Quant à Lucien et Furth, ils ont tous deux levé leur verre à la santé de tous en annonçant pour le mois de mai 1964 la mise en route de leur GAEC, dont les travaux sont pratiquement achevés. Dans les deux fermes, il reste des terres à labourer avant l'hiver. Mais, avec le tracteur et la charrue à plusieurs socles, cela va aller plus vite.

Avec l'achèvement des travaux de la construction du barrage, situé sur la commune de Gumières, l'eau courante pourrait arriver dans la commune d'ici 2 ans. Pour cela, des tranchées seront creusées sur le côté des routes. Le branchement pour les particuliers pourrait s'étaler sur plusieurs mois. Peut-être qu'en 1965, l'eau potable sera installée dans chaque maison de la commune qui en fera la demande.

Le mois d'octobre est encore bien ensoleillé. Les feuilles des arbres commencent à jaunir, signe que l'automne est bien arrivé. Cela donne des paysages très colorés. Les feuilles vertes deviennent jaunes avec plusieurs tons, du jaune citron pour les bouleaux, au jaune plus foncé. L'érable situé près de la ferme de Benoîte et Lucien passe du vert au rouge foncé à chaque automne.

En novembre les nuits sont beaucoup plus fraîches. D'habitude, les premières gelées, prémices de l'hiver futur sont déjà arrivées. À cette époque, les saisons sont encore bien distinctes. À l'époque, on ne parlait encore pas encore du réchauffement et du dérèglement climatique. A l'époque, les effets ne sont pas encore visibles sur les températures, l'ensoleillement. Lors de certains étés, il fait très chaud. Cependant, les pluies d'automne sont assez bien au rendez-vous.

Lucien et Furth attendent avec une impatience fébrile, la réalisation concrète de leur projet commun, envisagé depuis plusieurs années. Ce projet consiste à fusionner les deux fermes. Cela deviendra réalité au mois de mai 1964.

Mais sur les hauteurs du Forez, après le froid et la neige de l'hiver, à la fin du mois d'avril le temps commence à s'améliorer. Durant le mois de mai, l'installation de la GAEC pourra se faire quand même dans de bonnes conditions.

En attendant, il faut supporter les rigueurs hivernales. Mais la joie future, dans les deux fermes de Lucien et Furth, va aider à mieux supporter le froid et la neige.

À la fin du mois de novembre 1963, une fine couche de neige est tombée et la température s'est beaucoup refroidie. Dans le village, ce sont surtout les mois de décembre et de janvier qui sont les plus redoutés. Cependant, en février et mars il peut y avoir de la neige et du froid, mais les jours ont commencé à grandir depuis janvier. Dans les deux fermes, c'est donc une sorte de sommeil, de torpeur qui s'installe.

En effet, les mois de décembre et de janvier ont été très froids.

Le thermomètre est même descendu jusqu'à moins 10 degrés. Au sommet du village, on a même relevé jusqu'à moins 15 degrés. Avec le froid vif, il n'y a pas eu beaucoup de neige. Les habitants sont restés calfeutrés, bien au chaud dans leur maison.

À la fin du mois de janvier, le stock du bois pour la cheminée a déjà pas mal diminué. Il faut l'allumer au moins jusqu'au mois d'avril. Lorsque les arbres sont coupés, comme les pins, les sapins… Ils sont stockés durant près de 3 ans, pour aller chauffer la ferme dans la cheminée. Dès que les arbres sont coupés, ils sont remplacés par d'autres après la Sainte Catherine, fin novembre.

Enfin, cet hiver là, à la fin mars, la couche de neige tombée en février avait atteint 15 centimètres d'épaisseur. Elle est presque toute fondue. Le peu de neige qui reste n'a pas fondu à cause d'un froid vif. La couche de neige est restée identique durant plusieurs semaines.

Chapitre 29

Méfaits passés supposés

À la fin de la guerre, en 1945, Furth et Willy son camarade, tous les deux soldats allemands ont vécu quelque temps dans une ferme en ruine. Willy aurait, paraît-il, abusé d'une jeune fille de 16 ans dans un village voisin. Il a caché ce méfait à son camarade Furth.

Il faut dire qu'à la fin de l'occupation allemande, des soldats violaient des femmes françaises et même parfois des adolescentes.

Parfois des naissances avaient lieu. Ces enfants de la honte étaient cachés dans les fermes. Parfois, ils étaient élevés par les grands-parents.

Willy, à l'époque, ne s'était pas confié à l'époque à son camarade Furth de cet acte presque courant durant la guerre. Les femmes avaient peur des Allemands qui avaient envahi les villes et les villages.

Au début de l'année 1946, la jeune fille, alors âgée de tout juste 17 ans, aurait accouchée seule à la maternité de Montbrison, d'une fille appelée Marcelle.

Comme cela était scandaleux et très mal vu par sa famille, cette naissance a été cachée. La jeune femme étant incapable d'élever son enfant, c'est sa grand-mère qui s'en est chargée. Elle s'en est occupée comme si c'était sa propre fille. Marcelle est restée à la ferme pour aider ses parents.

Ce n'est qu'en 1963, 18 ans après les faits, que Marcelle âgée alors de 35 ans, en aurait parlé de manière vague à son mari.

Vers l'âge de 20 ans, Marcelle aurait bien cherché son père. À la ferme, on lui aurait caché la vérité sur sa naissance. À l'école, elle était gênée lorsqu'on lui demandait le nom et le prénom de son père. Alors, elle devenait toute rouge en disant « je ne sais pas ». Dans d'autres villages, également, cette situation n'était pas si rare que ça.

Un jour, elle avait vaguement entendu dire qu'un homme parlant l'allemand avait abusé d'elle lorsqu'elle était encore adolescente.

Marcelle et son mari Antoine avaient déménagé pour venir habiter dans la commune où vivaient Furth et Lucien.

Un samedi soir de 1963, Antoine se trouvait au bistrot du village avec des copains. Un peu éméché, il a raconté que sa femme cherchait encore son père et qu'elle avait été élevée par sa grand-mère. Sous l'effet de l'alcool, il a dit en rigolant :

— Tu es pas au courant, mais son père c'est un « boche » (un Allemand).

Un journaliste du progrès, assis assez près, avait suivi la conversation d'une oreille. Il aurait aimé volontiers rencontrer Marcelle, mais cette dernière était très réticente à se confier à un journaliste au sujet d'un prétendu viol de sa mère, alors encore adolescente en 1945.

Marcelle lorsqu'elle avait aux environs de 20 ans, sa mère lui aurait vaguement parlé de cela sur le ton de la confidence.

À la première rencontre avec le journaliste, timide, elle n'a pratiquement rien osé dire. Lors de la deuxième interview, un peu rassurée, elle s'est un peu mieux confiée.

Après plusieurs semaines de rencontres, le journaliste, en menant son enquête, avait presque trouvé l'agresseur de la mère de Marcelle.

Mais, à la rédaction du journal le progrès, la direction lui a fait comprendre que 18 ans après, les faits étaient prescrits. Des femmes ayant été violées par des soldats allemands, cela n'était pas si extraordinaire.

Le sujet, très longtemps après, n'intéresserait pas les lecteurs.

Cela est donc tombé aux oubliettes.

Les familles étaient honteuses d'avoir subi ces vilains méfaits. C'était un sujet tabou dont personne ne parlait. Les adolescentes violées restaient cachées et étaient élevées souvent par leurs grands-parents.

Le journaliste n'a pas poursuivi avec plus de profondeur son enquête. Cependant, il avait la quasi-certitude que le violeur de la mère de Marcelle était un soldat resté en France après la guerre. Mais était-ce réellement Willy ? Le journaliste a quand même, à tout hasard, laissé son adresse à Marcelle, au cas où.

Quant à Furth, il n'a jamais entendu parler, de la bouche de son camarade Willy, d'un éventuel viol. Mais les 2 camarades n'étaient pas toujours ensemble et ils ne se confiaient pas toujours sur tout ce qu'ils faisaient.

Pour l'instant, dans les fermes du village et en particulier dans celles de Furth et Lucien, on pense plus à démarrer la GAEC fusionnant les deux fermes, qu'à remuer des histoires vieilles de près de 20 ans. Cependant, comme dit le proverbe : « Il n'y a pas de fumée sans feu » ou encore « Chassez le naturel, il revient au galop ». Cela ne pourrait-il pas s'appliquer à Willy. Ce dernier pour l'instant ne fait plus parler de lui. Est-ce que cela va durer ? Cela n'est pas certain. En attendant, il travaille dans une ferme de la plaine, comme valet. Il continue à payer son amende, au moins jusqu'à la fin de l'année 1965.

Chapitre 30

Enfin la stabulation fonctionne…

Au village, en cette fin du mois d'avril 1963, la neige a complètement fondu. Il fait encore un peu froid la nuit, mais les jours grandissent de plus en plus.

L'installation de la stabulation libre est toujours prévue au milieu du mois de juin, juste avant l'arrivée de l'été et des grosses chaleurs. Il reste encore une vingtaine de jours pour apporter les derniers aménagements à la stabulation.

Enfin, le grand jour a été fixé pour le transfert des vaches des deux fermes, dans la nouvelle stabulation de la GAEC. Il s'agit du lundi 20 mai 1963. Mais, samedi 18 mai, tout est déjà prêt. Les agriculteurs voisins ont accepté d'aider les deux fermiers à transporter les vaches avec leurs remorques. Furth et Lucien, dès le dimanche, se font du souci pour ce transfert. Transporter plus de 50 vaches avec 2 ou 3 remorques n'est pas chose aisée. Les vaches sont parfois récalcitrantes à monter sur le plan incliné de la remorque.

Lundi matin, 20 mai, après la première traite de la journée, deux agriculteurs voisins sont là avec leur remorque attelée à leur tracteur, pour aider Furth et Lucien à transporter les vaches depuis les prés jusqu'à la nouvelle stabulation. Avec 3 ou 4 vaches par voyage, il a fallu faire plus de 4 voyages avec les 3 remorques.

Certaines vaches n'acceptent pas de monter dans la remorque, même avec l'aide du plan incliné. Cela a retardé le transfert. Après une pause rapide à midi, avant 16 heures, toutes les vaches sont arrivées dans leur nouvelle demeure, une stabulation flambant neuve, celle de Furth et Lucien.

Le dimanche après le 26 mai a été fêtée l'inauguration de la stabulation. Les deux fermières avaient préparé un repas pour remercier les deux voisins de leur aide précieuse pour le transport des vaches et des génisses.

Près d'une douzaine de personnes étaient attablées à la maison de Furth et Marie. Le repas a été ordinaire. Ce sont surtout des produits de la ferme qui ont été servis. Le traditionnel pâté aux pommes n'a pas été oublié. Au milieu du repas, Furth ne s'est pas trop fait prier pour aller chercher son accordéon. Il a joué des airs connus, dont les refrains ont été chantés par tous. Cette fête de l'inauguration s'est poursuivie une bonne partie de l'après-midi, en musique et en chansons.

Furth, étant le plus près de la stabulation, il y a fait une courte visite, pour voir si les vaches n'avaient pas de problèmes. Lucien, vers 20 heures, est allé le rejoindre pour la traite des vaches, dans la toute nouvelle salle de traite. Les vaches sont un peu dépaysées. Cela s'est ressenti sur la quantité de lait produite.

Les premiers jours à tour de rôle, les deux fermiers, Lucien et Furth, passent plus souvent à la stabulation. Le bétail doit s'habituer, petit à petit à ce changement. La nouvelle ferme n'est qu'à quelques centaines de mètres de la maison de Furth et Marie. Sultan et Youki, les deux chiens de berger, montent la garde. En l'absence de leurs maîtres, ils surveillent les vaches.

Ce n'est que beaucoup plus tard, plus de 40 ans après, que la surveillance vidéo fera son apparition dans les grandes fermes-pilotes de la plaine. Chez Marie et Furth, l'inauguration s'est poursuivie dans l'après-midi. Lucien et Furth ont eu le temps de s'occuper de la traite des vaches. Cette dernière est un peu plus longue, car ils doivent s'adapter au nouveau matériel : trayeuses, tank à lait…

Lorsqu'ils sont revenus à la maison, la soupe aux choux mijotait encore dans le chaudron en fonte. Après avoir mangé ce qui restait du repas et surtout du célèbre pâté aux pommes, les deux fermiers ont raconté comment s'était passée la traite des vaches, à la famille et aux voisins qui étaient venus aider au transfert du bétail lundi 20 mai.

Vitesse de croisière à la GAEC

En cette fin du mois de mai 1963, Léon est toujours au collège. Il s'apprête à passer le Brevet (BEPC) au mois de juin. Depuis plusieurs semaines, il révise les matières qui font partie du programme. S'il réussit l'examen, Léon a promis à ses parents de les aider un peu, durant les vacances scolaires à la GAEC qui vient de débuter. En attendant, il se prépare à l'examen qui va débuter lundi 24 juin et se poursuivre mardi 25 juin. Il a tellement envie de réussir que, les week-ends, il reste chez lui pour réviser avec ardeur. Par contre, les 22 et 23 juin, il va se détendre.

Lundi, il n'est pas trop stressé, il se sent prêt. Aussi, c'est le cœur presque joyeux qu'il prend le car qui emmène les élèves au collège de Montbrison pour l'examen. Avec ses camarades, il s'amuse même dans le car pour se changer les idées et ne pas penser à l'avance à l'examen.

À l'arrivée à Montbrison, chaque candidat se dirige dans salle d'examen indiquée sur sa convocation. Léon, se dirige vers la classe 3 E qui lui a été attribuée. Les différents candidats sont assez éloignés les uns des autres pour éviter le copiage. Durant deux jours consécutifs, les différentes matières se sont succédé à l'examen. Léon est assez satisfait de la première journée avec les mathématiques et le français. Pour cette dernière matière, cela dépend du correcteur. Cela n'est pas juste ou faux comme pour les maths.

Après deux journées intensives, le directeur du collège a donné aux élèves de troisième deux jours de vacances pour se reposer. Les résultats du Brevet sont annoncés pour le vendredi 12 juillet. Avec d'autres camarades de troisième, Léon est descendu à Montbrison pour voir sur le lieu de l'examen si son nom est affiché sur la feuille de réussite. Lorsqu'il a vu son nom sur la fameuse feuille, il a sauté de joie avec les autres chanceux. Mais il a pensé aux autres élèves de sa classe, absents de la liste. Plusieurs ont les larmes aux yeux. Il va les consoler un peu en leur disant qu'ils vont peut-être réussir à l'examen de rattrapage au mois de septembre.

Le soir même, à la maison, Furth et Marie ses parents, et les autres enfants, ont fêté ce succès avec un repas amélioré. Toute la famille a levé son verre pour marquer le succès de Léon. Dès le lundi suivant, après deux jours de repos, Léon a proposé à Furth de l'aider à la ferme.

Ses parents, au mois de juin, avaient déjà effectué la préinscription de Léon au Collège agricole de Chervé, à côté de Roanne. Furth a dit à Léon :

— Cet été, en nous aidant un peu à la ferme, tu vas te mettre dans le bain de l'agriculture avant de commencer ta formation en septembre. Pour les deux fermiers, Furth et Lucien, deux jeunes bras de plus à la ferme, sont appréciés durant le premier été de fonctionnement de la stabulation.

À la fin du mois de juin, un nouveau tracteur est arrivé à la GAEC. Il a été livré avec de nombreux accessoires pour faire les foins, les moissons, les labours… C'est l'engin le plus moderne du secteur. Léon n'a pas encore le droit de le conduire. Lui aussi est admiratif de l'aspect du nouveau tracteur et de ses performances techniques.

Furth avait déjà vu travailler ce type de tracteur dans la plaine du Forez. Avec Lucien, cela fait plusieurs mois qu'ils en avaient commandé un. Tout l'été les fermiers ont pu l'essayer, le tester.

Au mois de septembre, Léon, après avoir aidé un peu à la GAEC, est parti au collège d'agriculture de Roanne (Chervé).

Lucien et Furth finissent par s'habituer au fonctionnement de la stabulation libre. Ils font la traite des vaches à tour de rôle. La journée, chacun des deux fermiers a un planning bien défini. Le dimanche est le jour de repos avec les engins. Cependant ce jour-là, il faut quand même nourrir les vaches et les traire.

En cette fin d'année 1963, la GAEC atteint sa vitesse de croisière. Elle est la ferme la plus grande et la plus moderne du secteur du haut Forez. Les fermiers ont fait venir plusieurs camions de bottes de paille pour l'hiver, car leur production de paille n'est pas encore assez suffisante vu leur nombre important de vaches.

En cette fin d'année, en novembre 1963, l'hiver commence à venir. Il y a déjà des gelées. Une fine couche de neige est tombée durant les derniers jours du mois. Avec le froid vif et le vent de nord, la neige est restée plusieurs jours.

L'hiver 1963 s'annonce aussi froid que les précédents. À la GAEC de Furth et Lucien, c'est la vie au ralenti. Les engins mécaniques se reposent. Le travail consiste surtout à entretenir le bétail, à traire les vaches... le camion de ramassage du lait passe maintenant tous les jours sauf le dimanche.

Le village, l'hiver, est comme paralysé avec la neige. Le froid glacial est accentué par le vent. L'année 1964 débute avec le froid. La température de – 10° la nuit n'est pas très exceptionnelle dans ces villages du haut Forez. Mais la journée, il y a encore des températures négatives.

À la fin de 1965, Willy, le méchant de cette l'histoire, va finir de payer son amende de 68 800 francs. Il va pouvoir mettre un peu d'argent de côté. Il travaille toujours comme valet dans une ferme de la plaine, où il est logé et nourri. Va-t-il bien se comporter pour se faire oublier ? Il ne serait pas impossible que ses vieux démons resurgissent de nouveau pour relancer l'action. L'avenir nous le dira.

Le mois d'avril arrive enfin. Les températures de la nuit redeviennent peu à peu positives. À la fin du mois, les vaches laitières vont de nouveau au pré. Peu à peu, les tracteurs et autres engins mécaniques sont remis en marche. Le nouveau tracteur va pouvoir donner son maximum et les différents accessoires pourront être utilisés.

Chez Marie et Benoîte, dans les deux familles, il n'y a pas eu d'autres naissances. Chez Marie : Augustine a 12 ans. Elle est en classe de sixième au collège. Léon a 15 ans, il est au collège d'agriculture de Chervé. Louis-Charles, son jumeau, est intéressé par la mécanique auto. Il est en apprentissage au Lycée à Sury le Comtal. Augustine a 12 ans, elle est au collège de Montbrison. Pour ce qui est de Benoît, il est encore à l'école primaire du village.

Chez Benoîte, les enfants sont plus jeunes. Marinette a 13 ans, elle est au collège à Montbrison. Henri et Claude sont encore à l'école primaire du village.

À la ferme de Lucien et Furth, l'été 1964 s'annonce bien avec la nouvelle GAEC qui est dans sa période de rodage. Marie, qui a des enfants plus grands que ceux de sa sœur Benoîte, s'est mise à faire des fromages de vache, seulement pour la consommation des deux familles.

L'année 1964 se termine bien. Léon est satisfait de ses études agricoles. Il envisage de faire de l'agriculture son métier. Il pense aller plus loin que le CAP, si sa formation est toujours satisfaisante. Il pourrait même aller jusqu'au Brevet. Une fois diplômé, il pourrait même s'associer avec Lucien et Furth à la GAEC.

À la ferme et dans le village, tous attendent, pour 1965, l'arrivée de l'eau courante, promise depuis plusieurs années. Cela sera un vrai soulagement, car la ferme a besoin de beaucoup d'eau, en particulier pour les bêtes. Il faut savoir qu'une vache peut boire plusieurs dizaines de litres d'eau par jour. Un litre de lait contient 87 % d'eau.

À la ferme, il y a deux puits et plusieurs retenues d'eau creusées au tracteur. L'eau des toitures est recueillie dans des citernes, mais cela est très insuffisant.

Au cours du printemps 1965, les pelleteuses vont creuser des tranchées à 1 m de profondeur, tout le long des routes, jusqu'aux fermes et hameaux les plus reculés du village. Avant l'hiver, l'eau du barrage de Gumières, achevé depuis plusieurs années, va probablement arriver dans les maisons. Cela a été fait dans les maisons du bourg, mais pour les hameaux il faudra attendre plusieurs mois.

Les années passent à la GAEC. À la fin de l'année 1965, l'eau courante est installée partout au village après de nombreux mois de travaux.

En octobre, Willy a achevé de payer sa dette de 68 600 francs. En 1966, un grand congélateur est installé à la ferme pour les deux familles. Cela permet de conserver les légumes et la viande.

En 1967, au mois de juin, Léon a obtenu son brevet d'agriculture. Il a 18 ans. Il cherche du travail. Si Lucien et Furth voulaient l'embaucher à la GAEC, ils devraient augmenter le nombre de vaches. En été, il y a bien du travail pour trois personnes à la ferme.

Cet été 1967, après quelques jours de repos, Léon s'est proposé de travailler à la GAEC jusqu'en septembre. Furth et Lucien vont réfléchir pour voir s'ils peuvent garder Léon à la ferme. Il serait précieux, car il a fait une formation sur l'entretien des tracteurs. Ou alors en automne, après la saison des labours, il pourrait se mettre à son compte pour le dépannage et l'entretien des tracteurs.

Tout l'été, Léon a été très apprécié à la ferme.

À Montbrison, une société de vente d'appareils agricoles s'est montée. Elle cherche un technicien qualifié pour réparer, dépanner et même vendre le matériel d'agriculture. Léon à la fin du mois de septembre a accepté de faire un essai dans cette société. Pour ce qui est de la vente, il pourrait avoir une formation. Cela pourrait intéresser Léon. Ainsi, il pourrait devenir un technicien polyvalent dans le matériel agricole.

Furth et Lucien encouragent Léon à tenter sa chance à Montbrison. Ce dernier, lundi 2 octobre, est parti faire un essai d'un mois à Montbrison.

Après l'eau courante au village, le confort continue de s'améliorer. En 1969, l'arrivée de la télévision a été une autre vraie révolution, tout comme celle du téléphone installé en 1970. Avant, il fallait aller téléphoner au bureau de poste, ce qui n'était pas très pratique.

Pour ce qui est des sanitaires : w.c. et salle de bains, il a fallu attendre le début de l'année 1975 pour qu'ils soient installés. Quant au lave-vaisselle c'était encore considéré comme du luxe. Il ne viendra à la campagne, chez Furth et Lucien qu'en 1987.

En 1976 a eu lieu le remembrement. Les parcelles d'une même propriété ont été regroupées. Chaque parcelle a été évaluée et mesurée par un géomètre, métier nouvellement créé. Quant aux haies et aux murettes, elles ont tendance à disparaître petit à petit. Les petits chemins sont supprimés ou agrandis pour faciliter le passage des tracteurs.

Chapitre 31

Willy revient sur le devant de la scène

Willy, sorti de prison en octobre 1959, n'a pas fini de payer sa peine. S'il a été remis en liberté, il doit travailler gratuitement pour indemniser le préjudice fait à Furth et Joseph, une grosse amende de 68 600 francs, fixée par le tribunal. Sinon, il devra faire 2 années de prison supplémentaires.

Willy lors de son premier séjour en prison a eu une formation. Il a même obtenu un diplôme d'agriculture.

À sa sortie, il a eu la chance de trouver un fermier compréhensif dans la plaine du Forez. Pour le moment, il est repenti. Mais est-il inoffensif pour autant ? L'avenir va nous le dire.

En 1970, il a fini depuis plusieurs années de payer sa dette. Il est toujours valet dans une ferme de la plaine. Durant toutes ces années, il a acquis un peu plus de rapidité et de dextérité. Il a connu quelques aventures sentimentales avec des femmes, mais elles n'ont pas eu de suite.

Cependant, son caractère ne s'est pas arrangé pour autant. Il manque toujours de franchise. De plus, il est fourbe, un peu voleur, vicieux, méchant, quelque peu pervers.

Il aurait bien voulu conquérir le cœur de Marie ou même de Benoîte. À l'heure actuelle, il n'a toujours pas de réelle affectivité avec personne. Même s'il fréquente encore parfois les bals des environs en essayant de draguer les femmes plus jeunes, il n'a pas fait de réelles conquêtes. Il a 52 ans et pas d'amis. Il aurait voulu se mettre à son compte et créer sa propre ferme.

On peut s'interroger pour savoir s'il va rester rangé ou assouvir à nouveau ses vices anciens. Dans plusieurs fermes où il a travaillé, il a parfois eu des aventures sans lendemain avec des filles de fermières.

Cependant, dans la commune où il travaille, en 1973, la gendarmerie enquête au sujet de plusieurs agressions de filles de fermiers de la région. Depuis 1970, plusieurs filles ont tenté de porter plainte pour violences subies au cours de bals.

L'une d'elles, âgée de 17 ans est même enceinte. Son petit ami interrogé nie toute implication dans un méfait supposé.

Willy au casier judiciaire déjà un peu chargé a été interrogé par la brigade de gendarmerie de Montbrison à plusieurs reprises. Il a fini par avouer son aventure, lors d'un interrogatoire un peu « musclé ». Il avait attiré une fille mineure, dans la grange d'une ferme où il travaillait.

Comme elle ne répondait pas à ses avances, il dit l'avoir un peu violentée. Elle s'est défendue en le griffant. D'autres filles du village se sont plaintes à leur famille d'attouchements, de harcèlement, d'atteinte à la pudeur... Une des filles était enceinte et avait accouché d'un garçon. Personne n'a avoué qui était le père du petit. Sa famille a insisté à plusieurs reprises pour qu'elle aille dénoncer à la gendarmerie, les violences dont elle avait été l'objet.

Les gendarmes, ont de nouveau questionné Willy à plusieurs reprises. Ce dernier a fini par avouer qu'il avait eu une aventure, dans le foin de la grange d'une ferme. Plusieurs autres filles s'étaient rendues à la gendarmerie pour dénoncer ce qu'elles avaient subi. Les soupçons sur Willy se sont peu à peu précisés quant à l'âge de leur agresseur, autour de la cinquantaine. Toutes les plaintes correspondaient au profil de Willy.

En 1974, Willy a été entendu par un juge d'instruction. Celui-ci lui a signifié sa mise en examen, suite à plusieurs plaintes de violences sur mineures. Il a été placé en détention provisoire à la prison de La Talaudière, à côté de Saint Étienne, en attendant un éventuel procès en 1975.

Par le progrès du jour, dans la rubrique des faits divers, dans le village et en particulier à la GAEC de Furth et Lucien, on apprend qu'un valet de ferme de la plaine est soupçonné d'avoir commis des violences sur des filles mineures.

Joseph et Francine, les grands-parents et anciens fermiers, ne sont pas étonnés que l'auteur soupçonné de ces méfaits soit Willy leur ancien valet. Ce dernier a déjà purgé une peine de prison pour avoir tué des vaches dans deux fermes du village, et pour vol d'une bijouterie. Il a achevé de rembourser l'amende qui lui a été infligée de près de 70 000 francs.

— Cela ne m'étonne pas de lui, a affirmé Joseph. Il s'est tenu « à carreau » durant quelques années. Cet homme a vraiment de la méchanceté, le vice dans le sang.

Au village du haut Forez c'est la stupeur. Certains se souviennent encore de l'homme qui squattait une ferme en ruine et qui avait été arrêté par les gendarmes. Furth et Lucien, quant à eux, avaient espéré qu'après la prison et l'amende, Willy aurait été sage pour se faire oublier de son passé tumultueux.

— Les vieux démons de Willy sont revenus, s'est exclamée Francine. Quels méfaits a-t-il encore commis !

Quant à Marie et Benoîte, elles ne sont pas du tout étonnées, elles qui avaient été harcelées également autrefois par Willy. Elles ont dit :

— Il y a de la méchanceté et du vice dans ses gènes.

Tous pensent qu'il va revenir en prison, peut-être pour plusieurs années. En 1975 Willy aura 63 ans. Comme Willy a déjà purgé une peine de prison, le juge se montrera encore plus sévère.

Les plaignantes sont auditionnées attentivement, tout comme les fermiers chez lesquels Willy a travaillé comme valet.

À cette époque, tout ce qui concerne les mœurs est encore caché et honteux : harcèlement, atteinte à la pudeur, viol… En cas de viol, c'est la honte pour la famille. S'il y a une naissance après un viol, le petit est caché. Il est alors souvent élevé par les grands-parents.

D'autre part, les victimes n'osent pas porter plainte. Elles ont honte. Elles doivent faire preuve d'un très grand courage pour oser porter plainte à la gendarmerie, souvent encouragées par leur famille.

Mais comme la justice est très lente, le procès prévu en 1975 est reporté en 1976. D'autre part, aucun avocat n'accepte, pour le moment, d'assurer la défense de Willy. Le juge risque donc d'imposer un juge commis d'office. En attendant, Willy reste en prison.

Furth et Lucien sont allés voir Willy en prison. Ce dernier leur a confié que s'il obtenait une longue peine de prison, il ne supporterait peut-être pas d'être enfermé encore des années, lui qui aimait la vie au grand air.

Le journaliste qui avait enquêté autrefois sur Willy se manifeste à nouveau, pour dire que des faits de mœurs anciens n'avaient pas été pris en compte autrefois. Lui aussi pourrait être entendu par la justice. Aucun journal n'avait relaté à l'époque ce fait divers. Les faits pourraient être prescrits. Mais il se peut qu'ils soient inscrits à charge à l'encontre de Willy par l'avocat des victimes.

Tout au cours de l'année 1975, diverses auditions ont eu lieu : des filles mineures parfois accompagnées de leurs parents se plaignent d'avoir été agressées sexuellement.

À cette époque, on dénonce difficilement ce genre de méfaits. Les filles n'osent pas, d'elles-mêmes, faire des dépositions. Elles finissent par accepter plus facilement accompagnées de leurs parents, surtout si elles étaient mineures à l'époque.

Quant aux grands-parents, Joseph et Francine, très pudiques, ils ont simplement dit que Willy, leur ancien valet de ferme, méritait d'être à nouveau puni, si les faits reprochés s'avéraient exacts.

Les petits-enfants n'ayant pas connu Willy, leurs parents : Furth et Marie, Lucien et Benoîte ne leur en ont pas parlé.

Le procès n'est pas prévu avant 1976 car l'enquête et les auditions sont plus longues que prévu. Cela laisse le temps à tous les plaignants de se manifester et de déposer plainte à la gendarmerie.

Les informations recueillies par la journaliste du progrès n'ont pas donné lieu à des poursuites pénales car l'exploitation des faits n'est pas assez précise. Ces derniers sont trop anciens pour être pris en compte.

Plusieurs attitudes de Willy, concernant ses comportements avec les filles mineures, ne sont pas assez précises pour être retenus pour être reconnus comme des fautes graves.

Si Willy ne pouvait plus supporter l'enfermement de longue durée, il pourrait aller jusqu'à se suicider ou refuser de manger. Dans les deux suppositions, il faut beaucoup de courage. Mais Willy comment va-t-il se comporter ?

Le procès, reporté à plusieurs reprises a eu finalement lieu au printemps 1977. Quant à Willy, le juge a reconnu seulement à son encontre un viol sur mineure. Les diverses autres violences, jugées pas graves à l'époque, n'ont pas été instruites à charge.

À cette époque, ce sont surtout des hommes qui siègent au tribunal.

Le procès débute lundi 9 mai 1977 au tribunal de Montbrison. Cela fait presque trois ans que Willy est à la prison de la Talaudière. Depuis le mois de mai 1974, il attend et redoute son procès. Le 13 mai 1977, après plusieurs délibérés, la sentence du tribunal est tombée en fin d'après-midi.

Seul un viol sur mineure est reconnu. Willy à la lecture de la sentence a le visage fermé et triste. Il est condamné à 15 ans de prison, dont 2 ans avec sursis. Comme il a déjà fait 3 ans en préventive, il lui reste 10 ans de prison ferme à purger. On voit sur son visage des larmes couler. Il trouve le verdict très sévère.

Son avocat commis d'office n'a pas pu obtenir plus de 2 ans de sursis. À la sortie, il essaie quand même de consoler son client. À la suite, les gardes le raccompagnent à la prison.

Willy a déjà fait déjà de nombreuses années de prison. Durant le parcours, dans le fourgon pénitentiaire, il se dit en lui-même :

— Il faut que je trouve un moyen de raccourcir cette lourde peine de prison. À ma sortie de prison, en 1987, j'aurai 75 ans.

Willy dans sa cellule, a le temps de réfléchir. Il n'a pas de visite. Il est rejeté par sa famille en Allemagne depuis son premier séjour en prison. Par ses codétenus, il est très mal vu : moqueries, injures de toute sorte, coups parfois durant les promenades dans la cour intérieure. En effet, en prison, les « pointeurs » ont la vie dure.

Très déprimé, à plusieurs reprises, il s'est confié aux visiteurs de prison et à l'aumônier. Il leur a parlé de sa grande solitude de sa lassitude, même de son désir d'en finir avec sa vie.

Depuis le début de l'été 1978, il ne mange pas la totalité de son repas. Les surveillants de prison constatent que Willy mange de moins en moins. Au mois de septembre, il est très faible. Cependant, il boit encore un peu.

Au début novembre de la même année, très affaibli, le médecin de la prison décide de le faire transporter à l'hôpital. Sa chambre est gardée à l'extérieur. Il refuse toujours de manger et prend très peu de liquide. Il finit même par arracher les tuyaux des perfusions de liquide installées pour le réhydrater.

Le 31 décembre 1978, le veilleur de nuit, à sa tournée à sa tournée de minuit, trouve Willy inanimé sur son lit. Il est décédé dans la nuit. Il n'a pas supporté les 9 ans de prison qui lui restaient encore à purger. Au lieu du suicide rapide, il a choisi la solution la plus courageuse, la plus difficile, refuser de s'alimenter.

Sa dépouille sans cérémonie a été transportée dans un cimetière de Saint Étienne. Willy a été enterré dans le secteur des indigents des sans famille. On trouve une simple croix de bois avec l'inscription : Willy X, 1912-1978.

Sur les plateaux du haut Forez, à la GAEC de Furth et Lucien, la nouvelle du décès de Willy a fini par arriver. Tous deux sont un peu tristes, même si Willy leur a fait du tort, il leur reste un peu d'humanité à son égard.

Dans la plaine du Forez, les familles des victimes de Willy, sont très déçues pour ne pas dire révoltées, que le violeur n'ait pas pu purger sa peine de prison jusqu'au bout.

Dans la presse locale du Forez, on remarque juste quelques lignes pour dire que le violeur de la plaine s'est fait vengeance lui-même en se laissant mourir de faim. Il repose désormais dans la fosse commune des indigents, dans un cimetière de Saint Étienne.

Le 2 novembre 1979, la même année du décès de Willy, Furth et Lucien, qui ont un peu de religion, sont venus se recueillir à la fosse commune du cimetière de la Côte Chaude à Saint-Étienne. Furth est attristé. L'ancien camarade de Willy n'a pas pu s'empêcher de verser une larme.

Même avec tout le mal qu'a fait Willy, son ancien camarade, il accomplit à son égard un dernier geste d'humanité. Durant tout le trajet du retour sur les hauteurs, Furth et Lucien sont restés silencieux. Par la pensée, ils ont revécu les moments passés ensemble avec Willy, le valet de ferme Ils se devaient de faire cette dernière visite sur les restes de Willy.

Au village, on est loin des bruits de la ville. Il y a eu peu de commentaires sur le décès de Willy. Il faut tirer un trait et aller de l'avant ont-ils reconnu.

Le bon (Furth) et le méchant (Willy) ont joué leur rôle. Ce dernier s'est fait justice lui-même. Furth, même s'il ne le laisse pas voir, gardera encore longtemps le souvenir de son camarade Willy, même si ce dernier lui a fait du tort.

Cette même année, en 1979, Joseph, le grand-père, usé par le travail, âgé de 91 ans est décédé dans sa maison où il s'était retiré avec sa femme. Cette dernière, Francine, bien qu'entourée par ses deux filles Marie et Benoîte, n'a pas bien supporté le départ de son mari. Deux ans plus tard, en 1981, elle est décédée à son tour à l'âge de 93 ans.

Le méchant Willy s'est partiellement puni lui-même. Le bon, Furth, vit heureux avec Marie et ses enfants dans sa ferme sur les hauteurs du Forez.

« Dans ce roman, dont les personnages et les situations sont purement fictifs, toute ressemblance avec des personnes ou des situations existantes ou ayant existé ne serait que pure coïncidence ».

Annexe : Les principaux personnages

Les arrières grands parents :
Louis : né en 1861, décédé en 1944
Léontine : née en 1863, décédée en 1947

Les grands-parents :
Joseph : né en 1889, décédé en 1979
Francine née en 1888, décédée en 1981

Leurs enfants :
Mathieu : décédé en 1942
Jean : décédé en 1944
Marie : née en 1917
Benoîte : née en 1915

Les parents :
Furth : né en 1919
Marie : née en 1917

Leurs enfants :
Louis-Charles et Léon : nés en 1949
Augustine : née en 1952
Benoît : né en 1955

Les parents:
Benoîte : née en 1915
Lucien : né en 1913

Leurs enfants :

Marinette : née en 1951
Henri : né en 1953
Claude : né en 1956

Willy : né en 1912 et décédé en 1978

Imprimé en Allemagne
Achevé d'imprimer en juillet 2018
Dépôt Légal : juillet 2018

Pour

Le Lys Bleu Éditions
128, rue La Boétie
75008 Paris